飄走的瓣式球

蔡文甫◎著

▲民國五十五年《飄走的辮式球》光啓版封面，設計者陳其茂是「台灣現代版畫的拓荒者」，他結合傳統版畫與書籍裝幀平面的設計風格，曾在五、六〇年代的台灣出版界掀起風潮。

無風起浪

——恢復原書名，並追憶險釀成文字獄過程

在民國五十五年，因〈豬狗同盟〉這篇小說，險些成了「白色恐怖」的犧牲者。

〈豬狗同盟〉是根據一則富有人情味新聞撰寫。農家母豬生了十七隻（也有報紙寫十八隻）小豬，但只有十二個奶頭，無法供全部小豬吸吮，其餘小豬由鄰家的母狗代餵，表示不同牲畜的母愛（新聞及原圖刊本書二二九頁），誰也想不到有人藉此大興文字獄。

最明顯的是：一、不讓我參加國軍文藝大會；二、安全人員到我的服務處所查訪我的素行。

所幸我當時全力推動學校教務、潛心寫作；跑新聞是代表《中華日報》，立場

鮮明；而且受到校內同仁及家長支持，從不臧否時政，更無出軌言論，所以沒有查到「匪諜」嫌疑。

當時透過朱西甯、舒暢，向總政治部第二處副處長田原（我和他素昧平生）說明，《新文藝》雜誌主編王璞約稿時（約稿函刊本書二二七頁），並未指明是用於「恭賀總統連任特輯」，只是一般約稿的短篇小說，沒有限定主題，更沒有影射意圖。終於由田原力爭，總政治部執行官王昇將軍才勉強地批「存查」結案。否則很可能和名專欄作家柏楊有相同遭遇。

〈豬狗同盟〉事件，只是暗中波濤洶湧，外表卻風平浪靜。

翌年，台中光啓出版社印行我的短篇小說集《飄走的瓣式球》，該文即列印其中，公開發行。

當時光啓出版社參加台北市舉辦的國際學舍書展，警備總部人員即指出這本書是禁書（但作者本人並不知此為「禁書」），不准展出，如要展出或印行，必須抽出〈豬狗同盟〉一文。

光啓出版社負責人是外國籍神父顧保鵠博士，認為不合情理，只將《飄走的瓣式球》一書撤出書展攤位，但未將〈豬〉文刪除。換句話說，這已成禁書，不能公開發行。

直到十七年後（民國七十二年）徵求「光啓」同意改由九歌印行，為了不想成為「禁書」，抽出〈豬狗同盟〉，改名《愛的迴旋》後，獨缺這篇引起「白色恐怖」的文章。

四十多年後，本書重排新版，改回原名《飄走的瓣式球》，恢復原書篇章〈豬狗同盟〉刊本書二一四頁，並增加發表在《文訊》的《〈豬狗同盟〉的風波》一文〉。今之視昔，深感「白色恐怖」之可怖在於無中生有，幸有文友相助，未被囚於「綠島」。特誌此文的「風波」始末，留作永恆的記憶！

蔡文甫

民國九十八年三月

目錄

兩兄弟

我對你說，當我摸出鑰匙開門上的鎖時，就暗暗地告訴自己，必須要忍耐。不忍耐怎麼辦？我是一個瞎子，對不聽話的、變心的弟弟，又能採取怎樣的手段呢？

對了，一點兒沒有錯，兄弟如手足，哥哥是應該原諒弟弟的。我忍著氣，發抖的手好容易把鑰匙透進鎖孔。門推開了，我把手杖擺在門後，做生意用的一套傢伙擱在窗口的桌上，摸索著走向廚房。

你還不知道我做什麼生意嗎？我是閉著眼走江湖，擺個攤子拆字算命。你不要見笑，那是騙人的玩意兒，一方面是餬口，一方面是消磨消磨時間嘛！從前做了生意回家，弟弟已經把飯燒好，我只是吃現成的。最近可不行了。弟弟經常不在家，即或是在家也不照顧我穿衣吃飯；他現在把全部精神花在那女人身上了。女人眞值得男人那樣犧牲一切嗎？

因爲我的兩隻眼睛都瞎了，看不到那女人的樣子。據伯民說——伯民是我弟弟的名字——她長得很美、很甜，人見人愛。你想想看：「人見人愛」的女人有什麼好？那不是隨時會被別人搶走嗎？

你眞不曉得我弟弟脾氣有多怪，從來不接受別人意見。我這瞎眼哥哥的話，他更不會相信了。

弟弟說：「你沒有眼睛，怎會看見社會上的美和醜？怎會明白人和人之間的關係？」弟弟本來在公司裡當推銷員，待遇還不錯。在推銷商品時，認識了這個女人，以後沒有心情工作，就被公司開除了，你說可惜不可惜？弟弟還認爲不要緊，十多年來儲蓄的錢，還夠用很長很長的時間。他說，現在最要緊的是討老婆。結了婚以後，再從頭幹起。

當然我不管他。他有眼睛，有頭腦；看得遠，想得深，一切都是自作自受。我沒有多大的願望，有得吃、有得住就滿足了。摸進廚房，打開碗櫃，想找一些剩菜剩飯，胡亂吃一頓就去睡覺。眞是天曉得，在碗櫃裡摸來摸去，半碗飯、一個饅頭都沒有。看樣子，今兒晚上只有挨餓的分兒了。

不吃晚飯，把腰帶束緊就行；躺在床上睡熟了，餓就不太難過。可是，明天早上還得吃，還需要裝便當啊！弟弟回家的時間沒有定規，我再不指望他照顧我了。

你永遠想不到一個沒有眼睛的人，做起事來是多麼不方便？但我既決定燒飯以後，便開始摸索著洗米、升煤油爐。碗、米缸、火柴、自來水龍頭……一切一切的小東西，都要靠手去摸，眞夠煩哪！

我在廚房裡忙得團團轉，忽然聽到門外有女人高跟鞋的聲音。我想：一定是伯民陪著那女人回家了。

高跟鞋的聲音在門口停住，接著一個女人問：「有人在家嗎？」

我估計錯誤。伯民沒有回家，聽聲音這是弟弟以前帶回家的那個女人。她爲什麼一個人來這裡？難道伯民沒有和她在一道？

我故意大聲問：「妳是誰啊？」

「有人在家。」高跟鞋的聲音踏進屋內了。「我姓朱，伯民上次跟你介紹過的。爲什麼不開燈啊？我還以爲家裡沒有人哩！」

開燈？我根本就沒有想起開燈這事件。有沒有燈，對我絲毫沒有影響，光亮是有眼睛人的說法，盲人是長年生活在黑暗中的。

「電燈開關在門背後，」我說：「請妳開一下吧，謝謝妳。」

「啪」的一聲，我聽出那是電燈開了。她說：「你弟弟還沒有回來嗎？」

她問得多怪。本來我要問她的，她倒問起我來了。弟弟成天和她在一起，爲了她失去職業。我不該讓她進門的。現在她既然進來了，我還是要早點把她趕出去。我不喜歡害弟弟的女人。我說：「妳沒有和他在一起？」

「沒有，沒有。」她說：「我正找他，有事要和他商量哩！」

我知道她是來找伯民的。不然來這裡幹什麼？難道還願意和我這個瞎子談天？她已經知道伯民不在家，該掉頭就走才是，怎麼走向我廚房裡來了？一步一步高跟鞋的聲響，又重又響，像踏在我的心尖上。我多麼不願意讓她看見我在廚房中的模樣啊！雙眼閉著蹲在地上，左手抓著木盆，右手在水裡攪動米粒，盆裡盆外都是水、米粒……定是一副可憐相。沒有眼睛的人，該接受別人照顧，用不著在廚房裡盲衝瞎撞。如果不是這女人闖進我們的生活圈子，弟弟會好好服侍我，就不會在她面前丟臉了。

我很不高興地說：「伯民現在變了，像一隻沒頭的蒼蠅——亂鑽。他說不準什麼時候回家，妳有事還是快點走吧！」

「沒事，不要緊，我在這兒等他。」她已走到我身旁了，我可以聽到她細微的喘息聲。她問：「你在燒晚飯嗎？」

「唔，唔。」我含糊地回答。不知道爲什麼，我有一種氣憤的感覺。說不出是氣她還是氣自己？不過，總覺得她不該在這時候來到這兒，如果早來了，我不在家；遲點來，我晚飯燒好了，吃完了，就不會在她面前受窘。她像選好時間來給我難堪似的。

什麼？她和我一樣地蹲在地上，我已聞到她身上的香味了。她說：「你站起來，讓我來做，我做飯是很快的。」你想想看：我怎能要這個我討厭的女人燒飯給我吃。我說：「不行哪！妳是客人。燒飯，把妳衣服弄髒了，那多不好意思。」

眞使你想不到，她一下子抓住我的右手，就把我左手中的木盆給搶去了。她還用命令的語氣對我說：「起來，你到外面休息去！」

我兩手溼淋淋的，蹲在地上，又能做些什麼？還能和兩隻眼睛的人搶事做嗎？我摸著她抓過我的右手，滑膩膩的。她的手很嬌嫩，該不是一個做粗活的女人。但她能體諒伯民這個瞎眼的哥哥做事不方便，穿著高跟鞋在廚房內做飯，良心一定不很壞；難怪弟弟那樣喜歡她。

我只好站起，摸索著走向廚房門口。不過，留她在廚房內忙碌，內心升起一絲歉意。我說：「這兒又髒又亂，妳一定摸不到我們家的柴米油鹽。」

她笑出聲來。「用不著你擔心，我有眼睛，我會找——」她大概已看到我臉上的不高興了，沒有接著說下去。有眼睛有什麼了不起！眼不見，心不煩。看到社會上的形形色色，你爭我奪的有什麼好處啊？

接著她又說：「找不到東西，我再來問你，你到外面休息吧。」

我扶著門猶豫：是回到客廳休息，還是看她——不，是聽她做事？她在廚房裡急速走動的腳步聲，加上碗盤撞擊聲，水龍頭的水嘩嘩流動聲……的確很好聽。一個家庭裡，的確需要一個女人，如果伯民不是把全部精神和時間花在她身上，我便不會反對他和她來往的。我聽得出，她在廚房裡忙得很起勁；她不是我想像中那樣的壞女人。如果是壞女人，還會體諒我看不見的痛苦幫我做事？

我用一種得意的、勝利的聲調告訴她：「碗櫃裡有鹹魚，水池旁的瓦罐裡有鴨蛋，妳愛怎麼燒就怎麼燒。」

「噢，噢！」她說：「我已找到了。你不要站在門口，你看著我，我就做不好了。」

我心滿意足的斜躺在客廳的藤睡椅上。如果不是她來幫我燒飯，我可能把飯燒得不乾不稀，也只能吃到醃菜和蘿蔔乾。現在有了這位能幹的女客，我又可以享受到一頓豐盛的晚餐了。

你覺得這些瑣碎的事，聽起來沒有味道？好，我說一些你喜歡聽的話吧。

她照顧我吃完飯，把鍋碗洗乾淨。我想她該走了，但是她沒有走的意思，在客廳裡，陪我聽收音機的廣播小說。她一時把收音機的音量放大，一會兒又旋小，再過片刻又扭大。我曉得她內心一定很不耐煩，根本就沒有把廣播員的語句聽入耳內。恐怕她有話要對我說，也不願意我繼續聽下去。所以我摸到收音機旁，連忙把收音機關掉。爲了招待客人，只好犧牲一段小說。好在一般的廣播小說，情節都差不多，斷了一兩次不聽，還是可以接上去的。

現在屋內很靜，一點聲音都沒有，我可以聽到她的心跳聲。她說：「你弟弟常常回來得很遲嗎？」

這叫我怎樣回答呢？伯民一直很規矩，除非業務忙，很少在吃晚飯以後回家。自從認識了她，才把我弟弟生活秩序改變，難道我能把這些話告訴她？

我說：「不。他今天有事要遲點回來，早晨已對我說過了。」我說了謊話，又覺得不對勁。如果她問我，爲什麼不在她進門時告訴她，那倒沒有話好回答哩！

幸虧她沒有問，停了片刻才說：「那麼，我還是等他吧。」

我說：「他知道妳今晚來這兒嗎？」

「知道，我們是約好在家中見面的。」

這就使我感到驚訝了。弟弟既然喜歡這個女人，爲什麼會失約？難道他們是在吵嘴嘔氣？伯民已經三十出頭了，他說他不惜任何代價和犧牲，一定要抓住這個女人，我不曉得他們誰是誰非；即使這女人不對，伯民也應該對她讓步些。爲了表現風度，男人是該對女人禮讓的，有眼睛的弟弟這點常識都不知道？

她站起來，在客廳中徘徊。從腳步聲中，我知道她一會兒站在大門口向外張望，一會兒又停在房門旁，觀察我們兄弟倆的臥房。我沒有眼睛，不知道自己房內亂成什麼樣子；但從想像中我可以知道：內衣內褲滿天飛，蚊帳未捲，床鋪不整，破鞋子臭襪子塞滿床角、竹椅。單身漢是從來不願意整理自己住的地方的，弟弟當然也不會例外。她大概要厭惡這個又髒又亂的地方了，弟弟早知她要來這裡，爲什麼不預先整理一下？我心裡倒急得慌哩！

她在屋中不講話，一直轉圈子，我實在忍不住了，便說：「妳一定要在今晚見到伯民？」

「是的。」她說：「我必須等到他。」

我覺得心往底下一沉，像快要滑入地下似的，因爲不知道伯民今晚會不會回來。近來他時常晚上不回家，我不得不改變說法。我說：「伯民可能回家很遲，妳在這兒一定不方便；等他回來的時候，我告訴他去找妳。」

「不，不行。」她說：「那樣跑來跑去，時間會來不及。我必須在九點鐘之前等到他。」

「現在是幾點了？」

「八點五十五分。」

五分鐘的時間，一會兒覺得很快，一會兒又覺得很長。我希望弟弟能在最後一秒鐘內趕回家，我聽得到她腕錶的「滴答」聲，彳亍的皮鞋聲；加上我自己的心跳聲——我實在是又焦急、又擔心。但又有什麼用呢？她終於嘆了一口氣說：「完了，一切都完了！想不到伯民是這樣的一個人。」

我緊張地站了起來，慌急地問：「到底是怎樣要緊的一回事，可以告訴我嗎？」

「噢，噢！」她說：「沒有什麼了不起的事，只是為了一點點錢的問題。」

錢？我從沒有想到弟弟的錢存了多少？錢又是怎樣花的？我們弟兄倆的錢是分開的。弟弟說，他不用我的錢，我的錢由我自己保管。我一直認為弟弟積蓄了不少錢，怎麼又和這個女人發生錢的問題呢？

我問：「他欠妳多少錢？」

「不，不是，」她說：「我有一點急用，需要一筆錢，他答應借給我的，現在他突然不見面了。」

這樣我寬心得多，大膽地問：「需要多少錢？」

「六百。」

這數字不大，弟弟為什麼不借給她？我不知弟弟是故意迴避，還是積蓄用光，無法拿出，所以才遲遲不歸——當然也許是發生臨時事故，不能趕回。突發的事，往往是人們無法預料和阻止的。

「這個問題好辦，」我說，「我先借給妳好了。」

你認為我輕易地把錢借給一個不了解的女人，是做錯了，實際上這一次一點兒也沒有錯。當時她還不肯接受，經我勸了半天她才把錢收下。你想想看：我能讓弟弟在女朋友面前失信？我能在未來的弟婦面前表示窮酸？

當然，這些錢是我一塊一塊積蓄起來的。湊滿一個整數，我就存進銀行。在未存進去以前，借給她用幾天又何妨？她第一次真是非常守信用，三天就把借款還我。第二次借的錢數比較多，拖得很久才還清。

你不要性急。錯不是錯在借錢，而是錯在我把放存款單的地方讓她知道，讓她曉得我領款用的私章。

對啦！你猜得一點兒沒有錯。我的錢被她拿走了。

你說是偷？對。錢被她偷走了。但我還願意說是被拿走好些，因為我無法確定她是拿？是偷？沒有眼睛的人，看不到眞實的東西，對事理的判斷就比較差了。而且我對當時的情況不明瞭，也不好隨便亂說哩！

怎麼知道錢被拿走的？你聽我說嘛！一天晚上，我還是老樣子，抓著手杖，搗搗戳戳的回家了。到了家門口，就發覺不對勁：門開了。

我大聲問：「伯民在家嗎？」

「唔——」弟弟只哼了一聲。我又感覺奇怪了：今天他回來得特別早，而且這聲音從房內發出的。難道他回來就睡覺？這和他平時在廚房內忙著煮飯燒菜的情形不同。

我摸著走進門，剛坐在椅上，就聽到弟弟從床上跳下，拖著木屐走出房間。他說：「哥哥，我沒有聽你的話，我錯了，這次楣倒得可大了！」

弟弟說話的語氣又短又急，還帶著沙啞的聲音。他平常在我這瞎眼哥哥面前，從不服輸，怎麼一下子就變了？我說：「伯民，不要急，是什麼事啊？說出來聽聽看，大家想想辦法。」

他沒有作聲，我想他大概倚在房門旁，睜大眼睛看著我。我在十五歲以前，眼睛還沒有瞎，那時弟弟件件事都依賴我。現在弟弟又表現出那種可憐兮兮的樣子了嗎？

弟弟說：「講起來眞丟人，我給那女人騙了。」

「怎麼會呢？」我說：「你一向是很聰明的，她用什麼方法騙到你？」

「哥哥，你不要挖苦我了，我眞笨，我太信任她了。她說她是做生意虧了本，要我投資她的生意。我就眞相信她的話，把我的錢全部交給她。」

我猛吃一驚，連忙問：「你的積蓄全部光了？」

「是的，一個子兒都沒有了。」弟弟說。「使我最感到難過的，還連累了你——」

對！那女人最後借我的一次錢，到現在仍沒有還我。我也覺得很後悔，把錢借給那女人，一直沒有告訴弟弟。弟弟也知道了這回事？

我安慰弟弟：「你用不著難過，我借給她的錢，只是一筆很小的數目。」

「哥哥，你還不知道。我眞該死！你的錢也全部用光了！」

我猛地站起來，忙向藏錢的地方摸去。弟弟走近身旁攙著我，我摸到床頭的牆洞。木盒裡空空的，什麼都沒有。完了，一切都完了，現款、銀行存摺都被那女人拿走了。我問：「你是怎麼知道的？」

「哥哥，我該死，我告訴你，你會原諒我嗎？」

我癱軟地坐在床上，弟弟的頭伸在我的胸前，我撫摸著他的頭和臉，覺得他的淚水沾滿了面頰。弟弟失去了心愛的女人，已感到很傷心；那女人拿走我的錢，怪我自己不好，怎能埋怨弟弟。我是不該隨便借錢給別人的。

我說：「我會原諒你的，你有話儘管說吧！」

弟弟停了片刻，頭在我懷裡轉動著：「那女人向你借錢、拿錢，都是我出的主意……」

我沒有再聽到他下面說些什麼，立刻就要打他兩記耳光，但我還是忍住了。我問：「你爲什麼要那樣做？」

「我想在結了婚以後，慢慢還你；想不到那女人根本不愛我，騙了我們兄弟的錢以後就溜走，再也找不到她了。」

你認爲我不該原諒弟弟？你眞不明白，有眼的年輕人，總是會上女人當的。我爲什麼不原諒他？用那些臭錢，換回了弟弟愛我尊敬我的心，我眞是太高興了。你說我傻，我不反對。可是我覺得有眼睛的人，比我傻得多哩！

我要回家了，弟弟燒好晚飯，等我回去吃哩！再見。

兩姊妹

1

胡蕙芬轉向另一條街道，眼角滑過一個熟悉的背影。她停住腳步，扭轉頭子仔細注視。沒有錯，傍著那男人一道走的，是妹妹蕙芳；妹妹什麼時候交上了新的男朋友？現在她倒要看看他是怎樣的一個人？

她回過身來，沒有轉彎，一直向前走。妹妹和那個男人有說有笑的在她前面走著，大概不會想到她跟在後面，所以走得很慢。樣子也很親暱。她有點懷疑，也有點氣惱。妹妹有了這樣重大的事，該老早告訴她。妹妹是她一手撫養大的，只要是合理的正常的行為，她不會反對。為什麼要把她蒙在鼓裡？

他們站住了，像是在研究玻璃櫥窗內的物品。那是一家百貨店，櫥窗內有很多化妝品。她每天下班時，經過那裡總要向櫥窗瞧瞧，想買些東西送給妹妹。妹妹已經大了，馬上過二十歲生日了。現在是誰的主意要站在那兒？

爲了避免他們看到她，她橫過街道站在對面的水果攤旁。水果攤的涼篷遮住她的面龐，即使他們回過頭來，也看不到她——她有要暈倒的感覺。那是誰？那不是小高？眞滑稽，小高和蕙芳走在一起。高城昨兒晚上還對她說：「我愛妳，妳一定要答應嫁給我。」可是，今天就在她下班的時候，下班必須經過的地方，和妹妹親暱地走在一起；那不是絕大的諷刺？

第一個衝動，她就要跑上前去，抽小高兩記耳光，罵妹妹一頓，看他們兩個人是不是會感到歉疚？但立刻覺得不對。小高經常去她們家，平時和妹妹談天說地；妹妹也知道小高和她的友誼。他們爲什麼就不能走在一起？也許是他們偶然碰見了，順便到百貨店內買一些東西。

不，不對。她馬上就推翻了自己的判斷。他們沒有買東西，又轉身向前走。妹妹的手搭在小高的臂彎裡，顯得很自然、很親近。她胸中的氣又向喉頭膨脹，又要趕上前去罵他們了。

下了最大的忍耐工夫，她慢慢跟在他們後面。憑這一點她無法確定小高和妹妹有多深的感情，她要明明白白地看到他們做些什麼，有了眞憑實據，才好想辦法對付他們。

跟著他們走了一條街。他們站在十字路口徘徊，像是拿不定主意該走向何處。她心裡感到安慰不少。這樣可以說明他們是沒有計畫的，只是兩個熟人在街頭相逢，隨便逛一逛罷了。

他們踅入一條小巷，巷裡的行人很少，她不得不減低速度，使她和他們之間的距離隔得遠些，免得他們掉轉頭就看到了她。現在她又增加疑慮了，他們爲什麼要進入這小巷？難道是爲了怕熟人看到他們的蹤跡，才逃避到偏僻的地方？

一會兒就明白了。他們是從這捷徑走入電影街。兩人站在電影院門口，瀏覽大幅的廣告畫。

她怕被他們發現，便擠在人群中轉圈子。這時她眞想走到他們身旁，看看他們對她的態度怎樣。如果他們要看電影，不管他們請不請她，她硬要跟著他們一起進去。她有權利這樣做，因爲她是蕙芳的姊姊；蕙芳還未成年，她負有監護的責任。

就在她猶豫的當兒，小高已走到售票口去買票。蕙芳轉過身打量電影院門口擁擠的人群。有好幾次妹妹的目光，飄近她的身旁，她擔心妹妹會發現她；但也希望妹妹能夠見到她的影子，使啞謎不再繼續下去。

眼看著小高擁著妹妹進入電影院。她也要買一張票跟進去？小高和她看電影時，兩隻手便不規矩；和蕙芳在一起，也像對她一樣隨便嗎？

想到這兒，她覺得自己的肺氣得快要爆炸。突地掉轉身軀，便向回家的路上走去。她恨小高的無情；對妹妹這樣的無知和愚蠢，也感到不可原諒。

在路上一直想著這件事。回到家，打開門，她覺得自己像個皮球，被別人刺中一刀，完全洩了氣，再沒有心情吃飯做事了。

她們姊妹兩個住在一起，她要按時上下班，而妹妹是放了暑假的學生；平時蕙芳都把晚飯做好了等她回家，可是今天冷鍋冷竈，非要她自己動手不可；看樣子，妹妹成日都沒有在家。難道都是和小高玩在一起？

帶著極端煩悶的心情，做完了家中瑣事。她一直盯著那書桌上的圓形鬧鐘。九點、九點半、十點了，還沒有見妹妹回家。平常如果妹妹回來得遲，她總是先睡，可是今晚一定要等妹妹，她要聽妹妹對她怎樣解釋。

妹妹推門進來的時候，已十一點鐘了。她從霧濛濛的燈光中，看到妹妹跳躍著走進屋子。

妹妹看到她坐在桌旁看書，像很驚訝：「妳爲什麼不先睡？」

「我要等妳回來，和妳談談。」她合起書從圓背藤椅中坐直身子，上下打量妹妹。用嚴肅的口吻對她說：「妳今天到哪兒去了？」

「哦——眞累死了。」妹妹脫去高跟鞋，直挺挺地仰臥在長沙發上。她說：「我們去碧潭划船、游泳、曬日光浴，眞夠刺激，眞夠意思。」

妹妹那躺臥的樣子，她看不順眼，立刻糾正道：「好好坐起來講！」妹妹懶洋洋地盤膝坐起，她接著問：「妳和誰玩在一起？」

「同學，有很多很多同學。」

她的眼睛閉了一下，覺得心酸，妹妹講的全是謊話；爲什麼講謊話像眞的一樣呢？好吧，讓她謊話講到底吧！她問：「全部是女同學？」

「不。」妹妹否認道：「有三個男同學，兩個女同學，剛好湊成三對。」

忽然她覺得妹妹說的，也許是實話。在傍晚時候，她才看到妹妹和小高在一起；說不定她白天和同學一道去郊遊；下午回到市區各自解散了，才碰到小高。每個人都應該認清事實，不能隨便冤枉好人。

她仔細地看向妹妹。妹妹的面頰被燈光映照著，像薔薇花般滋潤和鮮豔。妹妹還是個天眞純潔的小女孩，不會有那麼壞的心眼兒。她不該對妹妹有那樣想法。

妹妹感到一陣睡意，看看鬧鐘，快到十一點半，超過規定睡寐的時候很久了。

她雙手舉起，伸腰打呵欠。「從碧潭回來，又去了哪裡？」

妹妹愣了一下，兩隻眼呆呆地看向她。她希望妹妹會說：「我碰到高先生，我和高先生一道去看電影。」可是，沒有。妹妹在眼皮連連眨動以後說：「我們一道去吳佩芝家裡。在吳家的客廳裡，聽音樂、跳舞……」

胡蕙芬又要暈倒了。她兩手緊抓著椅背，以防自己翻跌在客廳水泥地上。無論如何不相信，她用全心全力愛護扶植的妹妹，會這樣欺騙她。母親去世時，妹妹才五歲。妹妹的一切由她照顧；五年以後，爸爸又離開人世。她爲了妹妹，犧牲學業，賺錢供妹妹讀書。妹妹現在竟和姊姊的男友玩在一道，還說天大的謊話；她實在無法忍受這樣打擊，馬上要戳穿她虛僞的面具，看她以後如何和自己生活在一個屋頂下？

「吳佩芝是誰啊？」姊姊忍住氣，故意地問。

「就是那個大胖子啊！」妹妹說：「她人雖胖，可是舞跳得刮刮叫，身體又輕、又靈活。男孩子都喜歡和她跳。姊姊，我告訴妳一件事——」

姊姊突然緊張起來。她想，妹妹就要告訴她實話了。聽到妹妹說出和小高在一道玩的事實以後，該表現什麼感覺：驚奇呢？還是平淡？當然，絕對不能露出生氣或是不滿的樣子。

蕙芳從椅子上坐直身子，兩條腿懸在椅側晃蕩。「我的舞跳得很有進步。他們要在我生日那天，舉行一個『派對』。妳說好不好？」

「好！」姊姊眼睛閉了一下，內心輕噓一口氣。妹妹還沒有談到正題；大概仍想瞞住她。「可是我們家的客廳太小，根本就沒有辦法；妳們到什麼地方舉行呢？」

「地點還沒有決定。」妹妹拍著大腿說：「只要妳不反對。可能在吳佩芝家裡，也許另外借派頭大的地方。妳一定要參加吧？」

「當然要參加。」姊姊說：「妳的舞伴是誰？」

妹妹昂著頭想了一會兒。「現在還沒確定，到時候再說，橫豎有好多男同學參加，不怕沒有人請我跳。」

「那麼，誰幫妳主辦？」

「是大家啊！有人出錢，有人出力，有人出地方。」妹妹雙手揮舞地說：「名義上是爲了我的生日；實際上還不是大家想玩得熱鬧，才想出這個主意。」

姊姊知道妹妹所講的絕不是眞話，但妹妹葫蘆裡到底賣什麼藥，一時還猜不透。她問：「張水淵不參加妳們的派對？」

「不知道。」妹妹答。「我已好久不和他在一起玩了。他參加不參加，我才不管哩！」

蕙芳靜靜地注視著妹妹。見妹妹沒有開玩笑的意思，那一定是眞實的了。張水淵和妹妹交往已兩年，她一直認爲他們的情感會一天天增加，慢慢走上訂婚、結婚的道路，怎會想到他們已鬧彆扭分開。難怪妹妹要和小高玩在一道了。

「明天我去通知張水淵，」姊姊說：「我還要和他談一談。」

「不要，不要。」妹妹搶著說：「我根本不喜歡他，也不願意和他在一道玩。」

姊姊問：「為什麼呢？妳一向是說他人很好的！」

妹妹赤著腳站了起來，左手拎著高跟鞋，在屋中走著。「他有什麼好啊？年輕、不懂情趣，和他在一起煩死了。」

「年輕也是缺點？」

「當然啦！」妹妹跨進房門，掉轉頭說：「年輕人的心靠不住，見一個愛一個。和他玩在一起，沒有汽車坐，沒有好東西吃；還要時時刻刻擔心他愛上別人。妳說划算不划算？」

妹妹說完，猛地把房門關上，關門聲使她的心弦震動。她眞料不到妹妹會有這樣奇怪的想法。不喜歡和年輕人在一起，那麼只有和比她大得多的小高作伴了。現在妹妹雖然沒有明白承認她和小高之間有來往，但預料不久妹妹就會把小高征服。放開自己和小高的情感不談；妹妹和小高在一起會幸福嗎？這個疑問，始終盤旋在她的腦海，一直無法進入夢鄉。

2

門鈴響得很急，胡蕙芬正要起身去開門時，妹妹已從房中躍出，連蹦帶跳地穿過院子，走向大門。

她豎起耳朵仔細傾聽，門開了，妹妹在和客人談話，像是沒有立刻進來的意思。她知道那是小高，今天早上是她打電話約他晚上來的。他比約定的時間八點，早來了二十分鐘。她昨晚和妹妹的談話，妹妹大概已告訴小高。幸虧昨晚沒有拆穿他們的祕密，他們仍以為她一切都不知道；不然，她的計畫就無法實施了。

妹妹陪著小高說說笑笑進來。她內心感到很不舒服，但還是忍住氣用笑臉相迎。

小高遠遠地看到她，便行了一個九十度的鞠躬禮。她覺得又好氣又好笑。在妹妹面前，演出這滑稽動作，太使她難為情了。

「下了班，飯都沒有吃飽，就趕緊跑來。」小高走近她的身旁低聲說。「我想：妳一定答應我的請求了。」

她心中的怒火又猛烈上升。小高在她面前裝得這樣真誠，背著她就和蕙芳玩得很親熱，誰知道他的心對她有多少愛意？他現在還想她會答應嫁給他，簡直是作夢。

「我們不談這個問題，」她看了妹妹一眼，妹妹也凝望著她。二人的目光相遇時，妹妹立刻掉轉頭閃開。她說：「今天請你來，是談關於蕙芳的問題——」

「關於蕙芳的——？」小高像猛吃一驚，連忙看向蕙芳，蕙芳也顯出驚訝的樣子，他們都睜大眼睛瞪著她，彷彿急於要知道她的談話內容。她故意停頓片刻，沒有接著說下去，只是招呼小高坐下，要蕙芳倒茶給小高。

三個人都沒有講話，但屋中的氣氛特別緊張、沉重。最後還是惠芳忍耐不住，急著問：「你們要談我的什麼事？」

小高搶著說：「對啦！我也想了半天，想不出有關蕙芳的什麼？妳還是快點告訴我們吧！」

現在看到他們兩個露出焦急的樣子，她感到一陣快意。他們內心會猜疑：姊姊也許會知道我們在一起玩的事吧？她不會怪我們吧？如果她在我們面前提出來，我們該怎樣替自己辯白呢？

她面向著小高說：「蕙芳要舉行生日舞會，你知道吧？」

小高輕噓了一口氣：「知道。」

「昨天——不，今天。」小高結巴地說。在慌亂中還看蕙芳一眼。

「到底是昨天還是今天？」她講話的語氣有點像法官。

「今天，是今天。」小高說：「剛才她在門口告訴我，我正替她高興哩！」

「昨天你們沒有見過面？」

「沒有。」小高說：「昨天我好忙啊！上午上班，下午開會，一直開到晚上七點半，主席請我們到館子裡去吃晚飯；然後陪他們下圍棋……」

她沒有再聽小高說下去。內心深處卻大喊：「謊話！謊話！騙子！愛情騙子……」如果不是親眼看到他和蕙芳在一起，一定會相信他所說的話。她現在眞慶幸自己沒有答應嫁給他。她一向認爲他誠實可靠，沒有一般青年人的浮滑習氣；對她也很體貼慇懃，假使不是爲了要完成妹妹學業，早已和他結婚了。

從這一點看來，他以前對她所講的全部是謊話。三年來，他騙了她的感情。她雖沒有明白地答應嫁給他，但一直把他當作未婚夫看待。現在這突發的事實，驚醒了美夢。她不得不重新考慮婚姻問題——能睜著眼嫁給這愛情騙子？

當然，她更要阻止妹妹和這騙子來往。

「想不到你會這樣忙。」她裝成很相信他話的樣子。「蕙芳在生日舞會上，還沒有舞伴，看起來你沒有時間參加了？」

「妳的意思，是要我做蕙芳的舞伴？」

「對啊！我今天請你來，就是爲這件事。」她說，「假使女主人沒有舞伴，你看丟臉不丟臉。」

小高和妹妹互相看了一眼，像對她的建議感到奇怪似的。

「可是，妳呢？」小高反問道：「妳自己不參加？」

「我要參加，」她說：「我的事不用你管，我自己有辦法。」

她想，小高會拒絕她的意見。可是小高沒有，只是低頭思索。像不明白她爲什麼要這樣做。這樣建議，一定出乎他的意料之外。既然他有追求蕙芳的意思，就讓他公開他的企圖，以後還會有臉面再在她身旁糾纏？

妹妹說：「不要，不要妳幫我想辦法，我自己找得到舞伴。」

「爲什麼不要呢？」她用揶揄的口吻說：「高先生老成可靠，舞跳得也很好。由他負責主持舞會，一定能使大家滿意。」

「可是，」妹妹急著說：「妳自己呢？妳不能眼看著我們跳啊？」

「妳的心倒不錯，」姊姊語帶雙關地說：「在玩的時候妳還會想到姊姊。這樣眞不白費姊姊十多年來的心血。」

小高接著說：「妳們姊妹倆眞好。姊姊每件事都愛護妹妹，妹妹時時刻刻都關心姊姊。」他突然舉起右臂大聲叫嚷：「胡家姊妹萬歲！」

妹妹噗哧笑道：「高先生活像個小丑！」

過去她也認爲小高富幽默感，說話和動作很風趣；和他在一起，絕不會有不愉快的感覺。可是，自從發現了他和妹妹的祕密以後，就覺得他的動作和言談都使自己討厭。現在她確有點氣惱自己，快要三十歲的人了，爲什麼那樣糊塗，沒有早點發現小高的虛僞和欺騙。

「高先生戲演得才好呢！」姊姊接著說：「他不但會演小丑，還會演銀幕大情人；假戲眞做，不要劇本，不要台詞，自編、自導、自演，是偉大的愛情藝術家。」

「對，一點兒都不錯！」妹妹鼓掌道：「姊姊了解高先生眞透徹。」

小高站了起來，左臂彎起，向前平升，行一個彎腿的滑稽鞠躬禮。「過獎，過獎，」他說：「我是無師自通，謝謝兩位女士的誇獎。」

「夠了，夠了。現在不是演戲的時候。」姊姊冷冷地說：「你還沒有答覆我的要求哩。」

「假使沒有人反對，」小高仍嘻笑地說：「我一定奉陪。」

妹妹舉手說：「我反對！」

姊姊問：「妳有什麼理由反對？」

「因爲我不願意搶妳的舞伴，接收妳的舞伴。」妹妹理直氣壯地說：「同時妳也沒有——」

姊姊靜靜地看看妹妹。在燈光中妹妹的面孔突然模糊起來。妹妹很認眞地說的，不像是裝假；但妹妹爲什麼背著她和小高玩在一起，而事後又瞞住她？難道妹妹也學會了演戲？演員在戲劇裡，是不流露自己情感的。

姊姊說：「我的舞伴已找好了，用不著妳擔心。」

「騙人，我不信！」

「我爲什麼要騙妳？」姊姊的右手指向門外說：「你聽，我的舞伴來了。」

「鈴……鈴鈴……」是一陣急促的門鈴聲。

小高急速轉身，望著蕙芳；蕙芳也倏地站起，看向門外。像被這意外消息嚇昏似的，他們愣愣地站著，誰都沒有想去開門。

姊姊說：「請高先生去開門，讓客人進來吧！」

小高十分不願意似的走向院子；妹妹用惶惑的神情對姊姊說：「來這兒的是誰？我怎麼一點都不知道。」

「妳不知道的事多著哩！」姊姊生氣地說：「妳現在還是個孩子，要多看、多聽、多接受別人的意見——」

妹妹攔住她的話頭。「我一點都不懂：妳爲什麼不喜歡高城。他人好、心好、儀表好，妳爲什麼不嫁給他？」

她想，妹妹是在試探她，「妳不認爲他有缺點？」

「最起碼在我的眼中看不出來，」妹妹說：「還有，人不會十全十美，妳希望他是個聖人？」

她覺得妹妹愛上小高了；不然，爲什麼盡說他的好話？當然，現在不便說穿，也沒有時間和妹妹長談。她說：「不要性急，妳慢慢就明白。我會把全部事實告訴妳。現在客人進來了。」

她站起，迎向他們，把妹妹和小高介紹給客人，再大聲爲客人介紹：「這是我的同事江陵先生。」

小高最初似乎有點忸怩和不安；但慢慢就和客人談得比較接近。但她看到他們都想研究對方和女主人的關係；妹妹也在旁觀察客人和姊姊之間的友誼；因爲她一直保持著沉默，他們都沒有得到要領。小高辭別後不久，客人也走了。

她不願和妹妹討論這問題，客人走後，便提前睡覺。

3

胡蕙芬踏著自己月光下的影子，走向街角的小巷。現在她很懷疑：找到張水淵，是不是會完成她的計畫？

自從江陵來到她們家以後，妹妹一直沒有和她談起小江和小高。只是妹妹在家裡的時間更少了。不是告訴她在同學家玩，就是同學邀她去看電影和跳舞。她知道妹妹講的是謊話，但再沒有抓到她和小高在一起的證據，她又能怎樣說？並且她還鼓勵過妹妹和小高親近——要小高做她的舞伴——她一向對妹妹是百依百順的，妹妹要什麼，她就給妹妹什麼。現在妹妹要她的愛人了，她也將小高讓給妹妹？

最使她氣惱的就是小高。明天就是蕙芳的生日了，一直看不到他的影子；難道和蕙芳在一起，就完全忘記了她？以前他是一直圍繞在她身邊的。她今晚和張水淵談過之後，就要把事實經過告訴妹妹，不准妹妹和小高交遊；讓他在生日舞會上丟臉，永遠受愛情不忠實的處罰。當然這要有個先決條件，必須妹妹和張水淵都能接受她的意見，聽她的指揮。

她沿著短短的圍牆向前走，轉過彎去，就是張水淵住的宿舍大門。她探頭看看他的房間，燈火通明。用不著擔心他不在家了。

什麼？她房間裡有女孩子談笑的聲音？完了，一切都完了。張水淵已交了新的女友，明晚還肯去主持妹妹的「派對」？她所有的計畫全部落空了。張水淵年輕英俊，精明能幹，妹妹沒有抓緊他；只離開幾天，他就被別的女孩子俘獲了。有適合的對象，就該把握機會，絕對不能輕易放棄；機會是稍縱即逝的。

眞怪！他屋裡的人不少，聲音都很熟。是的，她聽出來了。那是蕙芳和小高。妹妹說和張水淵已斷絕來往，爲什麼會跑到他的宿舍去？難道那也是妹妹說的謊話？最使她困惑的，是小高和妹妹同時出現在張水淵的屋裡。

屋裡的人大喊大叫，像是非常開心。她停住腳步，要聽聽他們究竟談些什麼。

妹妹說：「你們看我的計畫妙不妙？我姊姊已經上圈套了。」

簡直是荒唐，妹妹竟在此地討論她；而且用這樣的口氣，她怎麼受得了。他們用什麼圈套來套她？

「算了，算了，」張水淵說：「妳的妙計糟透了！如果不是我認識江陵，妳們就慘了！」

「你也不要吹！」妹妹反擊道：「我老早就知道，姊姊不喜歡江陵。江陵一踏進我家，我就猜到姊姊拿江陵來做幌子——」

「不錯，不錯，妳有『後』知之明。」張水淵用調皮的聲調說：「現在就不記得妳那天和高先生急成什麼樣子？怕妳姊姊弄假成眞；又怕江陵眞的插進來鬧成『三角』。」

妹妹大聲叫：「你胡說八道！」

「不要狡辯，」張水淵說：「要當事人出來證明——」

「好啦！不要鬥嘴了，談正事要緊。」小高攔住他們的吵鬧。「我仔細想了一想，覺得江陵明晚不參加生日舞會，對我沒有多大幫助。」

她又感到奇怪了：江陵明天會失約？他們這麼多人來算計她，她爲什麼一直被蒙在鼓裡？

「怎麼沒有幫助呢？」妹妹說：「明天每個人都有舞伴，只有姊姊沒有，如果你能抓住機會——」

「可是，」小高說：「自從我和妳演了那次戲以後，一直擔心妳姊姊不理我。她親眼看到我們走在一起去看電影，她現在非常生氣，如果在舞會上，她不願和我共舞……」

小高停頓不語，張水淵接著說：「不要傻了。明天當我們宣布訂婚以後，她是聰明人，就會明白那是『演戲』。如果你能抓住機會，把她拉進吳家的後花園，向她正式求婚。為了表演精采，不妨跪下來說：『蒼天在上，高城在下，如果妳不嫁我，我高城……』」

一場哄笑聲把張水淵的台詞打斷。她扭轉身向回走，感到又高興又氣憤。妹妹明晚和張水淵訂婚了，一直瞞住她；還幫助小高來欺騙她，這哪兒像是親姊妹？

小高也太可惡，會用這種辦法來誘她進圈套。她要回去躺在床上仔細想想：怎樣來報復他們，也許她會答應嫁給小高，但一定在他鑽進他自己搭成的圈套以後，這樣才使他知道：在愛情面前，不該耍手段……

哦！她把路走錯了，向右轉彎才是回家的路。現在她該仔細的認路，不能再走錯了。

逃學日記

×月×日　天氣晴

今天是學校規定註冊的日子。媽媽一大早，就把我從被窩中叫醒，眞討厭。註冊就註冊嘛，有什麼好急的。上午註不完，下午還不是一樣註冊？這道理跟媽媽說不清，只好提前去學校了。

媽媽眞是小心過分：把錢分成二包。一包放在我制服的上衣口袋，一包塞在我褲旁插袋內。學雜費加上三個月的車票，才五百多塊錢，還保管不了？媽媽永遠把我當小孩子看待，眞氣人；一會兒怕我丟掉，一會兒又怕被扒手扒去。不管是扒掉還是丟掉，少了一包總是註不了冊啊。

在火車上碰到小學同學夏武雄。他小學畢業，一直沒有讀書；二年多不見長得又高又大，不是他喊我，眞不認識他了。到了台北，他帶我逛動物園、兒童樂園。我們玩得眞開心，不是肚子餓，還不想出來哩。

在路旁攤子，一人吃了一碗麵。他又提議看電影。我怕誤了註冊不想去，他說：「註冊有什麼關係，看完電影去繳費，還不是一樣。」

看了一場「王哥柳哥遊台灣」的滑稽片，匆匆忙忙趕到學校。可是，時間遲了。註冊的老師走了。註完冊的同學，也三三兩兩的回家。看樣子只好明天補辦了。

回家跟媽媽撒個謊：學校內繳費的同學多，等了半天才註完冊，又到同學家玩了半天，所以遲回來。

還好，媽媽沒有要學雜費的收據。不然的話，謊就被拆穿了。要收據也沒有關係，媽媽不識字，隨便拿張紙條給她看一看，就可以騙過她了。

×月×日 天氣陰

倒楣！眞倒楣！成天都碰到倒楣的事。

大概是媽媽告訴爸爸的。說我註好冊了。所以爸爸一大早就喊住我，教訓了一頓。爸爸說：「上學期的成績不好，英文、數學兩門不及格，這學期該努力讀書。爸爸從早到晚鑽在礦坑內挖煤，辛辛苦苦賺來的錢，讓你讀書，再不用功，太對不起父母了。」

爸爸的話愈說愈起勁，我眞感到心煩。同學們都笑我：爸爸是個礦工。別人的家庭，又有錢，又有地位，爲什麼爸爸做那樣苦的工作呢？爸爸該選個好的職業，不讓兒子丟臉才對，爲什麼一定要我好好念書呢？

爸爸總算教訓完了。如果他不是怕誤了進坑時間，說不定要囉嗦一個上午哩。爸爸只念過小學，不曉得中學生的心理。中學生的書讀得多了，什麼事都懂，還能接受教訓？爸爸說完了，還不是就算了。

又跟媽媽扯了個謊，說是昨天約好了，要到同學家裡去玩。媽媽眞相信，要我穿乾淨的衣服；到同學家裡，對同學的父母要有禮貌。她永遠想不到我是去補辦註冊手續。

出了門，手向口袋內一摸。完了，一切都完了，褲旁插袋內的一包錢不見了。當時我眞急得想哭。後來跑到一個牆角僻靜的地方，仔細檢查身上所有的口袋，到底還是差了一包。

我不相信是眞的，頭有點暈，眼也發花，耳朵內嗡嗡地響，如果這是夢就好了。媽媽怕我丟掉錢，現在錢果然丟了。媽媽不把錢分成兩包，一起裝在上衣口袋，不是就不會出錯嗎？

口袋內找了五遍，又把那包錢重數了二次，希望兩包錢已併在一起了。可是，沒有。數來數去，差三百塊，還能繳費註冊，媽媽眞是害人啊！

腦子裡拚命地想：昨天在動物園、兒童樂園都摸過錢包。進了電影院，還在褲子口袋外面，摸過那四四方方的一包錢。出了電影院就沒有碰過，誰知道是什麼時候丟的？是什麼人拿的？

夏武雄的嫌疑很大吧？在電影院內，他笑得東倒西歪。一會兒把膀子擱在我肩上，一會兒把手放在我腿上。他和我緊緊地挨坐在一起，會不會是他伸手過來……？對！要去找他算帳。

找了一天，還沒有看到夏武雄的影子。回家時，晚飯已吃過了。跑進廚房，吃了一碗冷飯，就躺在床上睡覺。今天的楣倒得太大了。

×月×日　天氣陰

又騙媽媽，說到學校去領書，領簿本。出門時，媽媽要看我的學雜費收據。我說：「回來拿給妳看吧！」說完就背著書包匆匆地跑掉。

今天非要找到夏武雄不可。明天學校舉行開學典禮，再不繳費註冊，書就念不成了。媽媽要收據，怎麼辦？媽媽雖然不識字，但她曉得，收據上有好幾顆印。隨便寫張紙條，恐怕騙不了媽媽。

去夏武雄的家。他媽媽好兇啊！她眼睛豎起來問：「你找夏武雄幹麼？」

當然，我不能說要錢。還沒確定錢是他拿的哩！只好撒個謊：「我要找他一起去爬山。」

「爬山？活見鬼！」她揮著右手說。「你爲什麼找他一道去？」

「他是我的好朋友。」說話要小心點，看樣子，她還會打人呢！「我們約好的。」

「好！好！你是他的好朋友！」她上前兩步，指著我的臉說：「就是你這個壞東西，把我的兒子帶壞了。看你這賊頭賊腦的樣子，一定不是好人……」

我一步一步，慢慢向後退。夏武雄的媽媽，這樣不講理，眞教我想不到。

她繼續叫嚷：「他的事，我不管，以後不准你上門。再看到你，我就要打斷你的狗腿——」

沒有聽完，掉轉身撒腿就跑。如果腿被她打斷，眞是有冤無處伸哩！夏武雄有這樣的媽媽，他怎麼在家中待得住的？

今天註冊的希望是沒有了。爲了騙媽媽，向別的同學借一張收據（那同學的父母，已經看過了），挖去原來的名字，拿給媽媽。

媽媽說：「爲什麼沒有你的名字？」

儘管媽媽不識字，我的姓名她還認得。那有什麼辦法，只好撒謊了，我說：「學校裡剪去，貼在名冊上。」

幸虧媽媽沒有再追問，不然，就沒有理由好講了。大概媽媽不懂學校裡的規矩，如果懂的話，麻煩可大了。

×月×日　天氣晴

開學已經兩天了，才在公園裡碰到夏武雄。見面我就對他說：「你把我的註冊費偷去了，趕快拿來。」

看他的樣子，像要準備溜走了。我連忙揪住他。

他問：「誰說的？你怎麼知道的？」

我不能告訴他，說是自己猜測的。「我想起來的。看電影的時候，你把手伸進我褲子口袋內拿過錢。」

「胡說，」他打了我一個耳光。「你敢賴我做小偷？」

我還是拉住他不放。他雖然比我高一些；但我長得比他結實，力氣比他大。我說：「如果你不把錢還給我，我就拖你去找警察！」

「找警察就找警察，我不怕。」他挺起胸膛說。

這時，我們身旁圍了不少人看熱鬧。我覺得和他扭在一起，很不好意思。看他也有點害怕的樣子。他說：「你放手，我們到別的地方去談一談。」

「你想溜？」

他說：「男子漢大丈夫，誰想溜！」

他帶我到一個僻靜的角落，我們並肩坐在石凳上。他說：「你現在還要錢做什麼？錢已用光了。」

「你要還我，我要繳學費。」

「開學已好久了，學校還讓你註冊？」他說：「錢不是我一個人用的，你自己也用了不少——」

我搶著分辯：「沒有，你亂說，我沒有用。」

「你眞是大傻瓜。」他笑著說：「你沒有用錢？你想想看：我們在一起時，我哪裡有錢請你，還不是你的錢請了你自己，我只是個陪客。你現在該明白了吧？」

現在我眞的明白了，夏武雄是個小偷，是個騙子，我已經上當了。不該和他在一起玩的。想討小便宜的人，一定會吃大虧。我吃虧算是吃定了。

我很後悔，我很難過，快要哭出聲了。我用力忍住不讓眼淚流下來。「可是，我要讀書，沒有錢繳費，你該把錢還我。」

他說：「別孩子氣了。讀書有什麼用？像我這樣，不讀書不是滿開心？」

我知道他說的話，總有些不對勁，但我找不出理由來反駁他。事實上念書的確沒有味道。升旗、降旗、上課、下課，英文、數學、理化……攪得人頭昏眼花。花了很大力氣，成績單上總有幾門「紅字」。常常聽老師教訓，爸爸媽媽嘮叨，同學的譏笑。眞是划不來。

「如果不讀書，」我的語調軟弱了。「我做什麼好呢？」

他接著說：「看電影啊！我們看『孫悟空大鬧天宮』去。」

我買票，正式請他看一場電影。他好像很開心哩！

×月×日　天氣陰

爲了騙媽媽，在書店裡買了許多書。《升學輔導》、《自修指南》、《幾何精解》……裝了滿滿一書包。媽媽只要看到是新書，就覺得滿意，她根本分不清是不是學校發的課本。夏武雄說，只要自己用功念書，靠《自修指南》的幫助，就會有很好的學問，進不進學校有什麼關係呢！

話雖然如此說，但我白天東跑跑、西逛逛，常常躲進三流、四流電影院裡混一天。晚上回家根本不想看書，學問怎麼會鑽進腦裡去？我想，夏武雄和我也是一樣吧？

×月×日　天氣陰

早晨爸爸對我說，要看我做的功課。我眞緊張了一整天。

很快的跑到學校附近，等到陳英鑑。他上學期和我同班，也很要好。我向他借了英文、代數作業簿，再跑到公園的凳子上慢慢抄起來。

抄完了，看來看去還是不放心。儘管爸爸不認識英文，也不懂得代數。但沒有經過老師批改，他一看就曉得我是抄別人的了。

去買一枝紅的原子筆，一題題的勾起來，再模仿老師寫字的樣子簽個名。看起來就像那麼一回事了。

準備完了，閒著沒事做，再寫篇演講詞吧！國文老師常常誇獎我文章寫得不錯。上學期的演講比賽，本班代表的演講稿，也是我寫的。現在寫個什麼題目呢？好了，寫個〈讀書的樂趣〉吧。

寫了長長的一張紙。最後用紅筆寫個「閱」，再簽一個導師的名。眞像得很哩！

爸爸晚上檢查完作業，雖然認爲很滿意，還是好好的教訓了一頓。不是媽媽看到我眼皮往下垂，催爸爸去睡覺，說不定要訓到十二點才住嘴哩！

×月×日　天氣晴

現在眞覺得無聊極了。老是看電影，也沒有味道。成天泡在電影院裡，空氣壞死人。領票的小姐，老是瞪著我，像要攆我出去似的。可是電影院不清場，我也買了票，她們拿我沒有法子。

已有好幾天看不到夏武雄，身上的錢也快用光了。夏武雄說，沒有錢用，他會借給我。現在連他的影子也沒有了，怎麼辦？

×月×日　天氣陰

今天早上跟媽媽要了五塊錢。買電影票還是坐火車呢？考慮了半天，無法決定。最後，只好順著鐵道慢慢走。既然沒有目的地，隨便什麼地方都可以玩，爲什麼一定要坐火車去台北呢？早有這樣的打算，錢就不會花得那樣快了。

中午坐在小山上的破廟裡，打開「便當」吃午飯。看見飯盒裡媽媽幫我放了一個荷包蛋，還有一大塊瘦肉，味道眞不錯。可是吃了一半，就覺得不開心。如果媽媽知道我沒有進學校讀書，她將怎樣的難過啊！今天的菜特別好，大概是爸爸發薪水了。

爸爸工作的那家煤礦很窮，常常發不出薪水。爲什麼爸爸不換一家煤礦工作呢？爸爸眞太老實，如果聰明些就會有好職業了。

×月×日　天氣雨

早上又背著書包，沿著軌道沒有目的地向前走。現在我眞有點羨慕讀書的同學了。他們上學、放學，上課、打球，有很多人在一起玩，絕對不會像我一個人孤零零地逛鐵路，在田野中亂跑。

夏武雄的影子都找不到了。大概他又騙了一個新同學，有錢，有人陪著他玩，就不會記得我了。他眞是個大壞蛋。

中午，躺在草地上曬太陽，從書包裡拿出許多書來，想讀，讀不進去。順手一翻，翻到那張演講稿：「讀書眞有樂趣嗎？當然有。學問一天天增加，做人做事的道理懂得很多。成績好，父母、老師都喜歡你，同學用羨慕的目光看你——啊！眞了不起……」

爸爸那天看了演講稿，點頭簸腦的說我進步了，懂事多了。他怎會曉得我寫的不是眞心話啊！

讀完演講稿，心裡感到不大自在。連忙小心地摺了起來，放進一本厚書裡，希望永遠不要再見到它。

×月×日　天氣晴

媽媽愈來愈不好騙了。她要我拿火車的月票給她看。我沒有進學校，哪裡來的月票啊？只好隨便騙騙她：「學校沒有發給我。」

媽媽說：「那你怎樣坐車的？」

我回答：「有時買票，有時逃票。」

「不行。」媽媽說：「不可以逃票。在學校沒有發以前，我給錢你買票。學校什麼時候可以發呢？」

「再過兩三天就發了。」媽媽事情多，過幾天她還不是忘了。騙一天算一天吧。

×月×日　天氣陰雨

今天找到夏武雄，談不到三句話，就打起來了。

本來只想好好和他談一下，幫我出個主意：是向媽媽說明我逃學，或是向學校的老師自首？所以見了面我就問：「夏武雄，你交了新朋友，就忘記我啦？」

他翻著白眼對我說：「怎麼樣？你管得著！」

「我怎麼能管你？」我氣得渾身哆嗦。「但我曉得你，是個小太保，是個大騙子……」

我的話還沒說完，他就抓住我，揮我一拳。當然我不能讓他，就一拳一腳的打起來。這時路旁圍了不少人在看我們。不知是誰講了一句：「警察來了。」夏武雄連忙放手，掉轉身逃跑。想不到他的膽子是那樣的小。

回到家，麻煩又來了。媽媽看到我臉上和手臂上的傷，一口咬定我是和人家打架了。我騙她說是打球跌傷的，她無論如何不相信。明天要和我一道去學校找證據。當然，我只好信口答應。等到明天再想辦法吧！

×月×日　天氣晴

完了，一切都完了。我的謊話全被母親拆穿了。

爲了怕母親跟我去學校，所以一清早拿了飯盒就偷偷地溜走。可是，我眞笨，從沒有想到母親會偷偷地跟蹤。媽媽早晨跟在我後面走鐵軌，已經三天了，我都沒有發覺，眞該死。

媽媽走得慢，我跑得快，她當然跟不上我。她曉得我沒有去學校，所以就到學校找老師。一會兒工夫，就把我逃學的事拆穿了。

爸爸回來，吃過晚飯，媽媽才把我的事告訴他。我眞擔心他會拿起抵門的木棍捶我

——他平常生氣總是這樣捶我的。但今天爸爸沒有這樣做，只是臉色發白，一枝菸、一枝菸地猛抽，不說一句話。

這樣寂靜了很久。我緊閉著嘴，眞怕我的心從口腔裡跳出來。倒希望爸爸快點打我一頓，訓我一場。在這兒乾等眞難過死了。

爸爸終於開口了：「你要讀書？還是做礦工？」

想不到爸爸會這樣開頭，我考慮了一下：做礦工那麼苦，又常常拿不到工錢。同學知道我做礦工，一定會笑話我。所以我說：「我要讀書。」

「完全讓你自己做主，我不勉強你。」爸爸說得很漂亮。「你不讀書，不會影響到我們，那只是你自己的一種損失，和別人無關。」

爸爸說完就走到門外去了。我看到他眼眶裡好像有淚水，爸爸一定很難過。他從前說過，要我好好念書，將來改善礦工的生活。他怎會想到我是這樣沒出息呢！

我也覺得不舒服。媽媽要我早點睡覺，明天她要陪我一道去學校。天啊！我有什麼臉去見老師和同學們呢？

愛的迴旋

王瑜把拎在手裡的太陽眼鏡戴上又抹下，揮著左手說：「謝謝你指教我的問題。再見！」

「再見——」華德茂把撐在門框上的右手舉起搖了搖，說：「沒有招待，很簡慢，很抱歉！」說完他就想轉身，跳進院子，跑回自己屋內。但他看到王瑜沒有立刻離開的意思，只是把淺黃的遮陽傘打開一半，又收回原狀。

「你根本沒有招待客人的意思嘛！」她戴上太陽眼鏡，揮動遮陽傘。「我有時眞覺得生氣。你攔在門口，不讓我進門，我永遠不會原諒你的沒有禮貌。」

華德茂仍斜倚門旁，沒有移動，眼睛睜大盯住她。她穿著大紅窄裙，綠色圓領衫；領口開得很低，全身衣服繃得很緊。他彷彿嗅得出青春的氣息，在她肢體內膨脹發酵。但他不想再多看她一眼，眼睛望著她頭頂上的天空。他說：「我屋子太亂、太髒。讓妳進去參觀，更沒有禮貌。」

「可是，我自己願意進去，看究竟髒亂到什麼程度？」她走上台階一步，彷彿要從他身旁擠進。

他忙用雙臂攔住她：「妳是千金小姐，怎麼能進去？等我以後整理乾淨了，再請妳進去坐。」

王瑜大聲笑。「看你急得那樣子，我才不喜歡進去哩！你老是說讓你整理。你想想看：有多少次了，總是迎在門口和人家談話。你以為我不知道：你是沒有誠意嘛！」

「誰說我沒有誠意？」

「有誠意就該讓我進去！」王瑜又向前跨了一步。「我們是同學，我既然來看你，就不會嫌你的屋子不乾淨。你是拿這個做藉口吧？」

他感到一陣厭惡。為什麼她定要纏著他呢？她年輕、漂亮、家庭富有，有的是時間，有的是金錢；吃飽了，玩膩了，就來找窮小子尋開心；他可沒有那閒情逸致。

「眞的，那是一種藉口。」他挺一挺胸，環抱著雙臂，絲毫沒有讓步的意思。「我很忙，我沒有那麼多閒工夫陪妳，妳還是快點回去吧。」

她把白色皮包揚了揚。「我不信你會忙到這種程度。成天忙碌，對身體健康有很大的壞處。」她停頓了一下，翹起頭望一望熱烘烘的太陽。她說：「你看！這麼熱的天氣，鑽在屋子裡工作，不累壞了才怪。陪我一道去海濱浴場游泳好嗎？」

「不。」他堅決地回答。「我不會游泳，妳知道的。」

「不會有什麼關係，」她笑了起來，露出潔白整齊的牙齒。「我也不會啊。泡一泡海水，再躺在沙灘上曬太陽，那才叫夠意思。」

「我說過，我沒有時間。」

「你究竟忙些什麼啊？」她像非常關心他。「今天是禮拜天，也不休息。」

他說：「我沒有妳那麼好的福氣。」

「這樣好了，我們去看場電影，」她放低聲音溫順地說：「看電影花時間不多。」

覺得她一步一步進逼，不容他有退讓的機會。「很抱歉，我沒有錢買票。」

「誰要你買票啊？」她像高興起來，把太陽眼鏡抹下，放進皮包。「是我提議的，當然是我請你。」

「不，那不好，那會傷害我的自尊心。」

她搖著遮陽傘，似乎有點失望。「你這人眞不好辦。我們是老同學，誰請誰還不是一樣；再說，自尊心能値多少錢一斤？」

他打了一個冷顫，全身的汗冒了出來。現在突然明白他爲什麼不願和她交遊了。她是那樣任性，認爲天下一切的東西，都是可以用金錢買得到的。只要有錢，就能買到榮譽、地位、友誼、愛情，……他是一文不名的窮光蛋，和她在一起，就要忍受她的任性、傲慢和狂妄。儘管現在她不會這樣待他；等到日子久了，她就會輕視他，凌辱他。仗恃金錢駕臨他之上踐踏著他。他想：這大概就是自己的自卑感吧。

他從霧濛濛的陽光中收回目光，仔細看著王瑜。她的嘴唇血紅，眉毛畫得彎而長，上眼皮也加了一道粗粗的黑線。他覺得她很年輕，不該用這樣濃的化妝，原來的眉目，比現在秀麗得多，她自己沒有發覺這一點？也沒有朋友告訴她？任性的人，不會有進忠言的朋友，這話是不會錯的。

「小姐，世界上有許多事，妳永遠不會明白。」他意味深長地說：「妳絕對不會了解：妳認爲不重要的東西，別人爲什麼那樣重視。」

「好啦！」她不耐煩地說：「我不是哲學家，不需要把別人攪得比自己更糊塗。說眞的，你到底願不願意陪我出去玩嘛？」

「不願意。」

「只是今天一次也不行？」

「不行。」

她挺一挺胸說：「眞正的理由是什麼？」

「我家裡有客人。」

「天哪！你到現在才說實話。」她驚訝地問：「是男客？還是女客？」

「男客。」

「抱歉。」她說：「你陪我在門口聊天，把客人冷落了，太沒有禮貌。為什麼我們不進去一起談？」

王瑜又要做向內衝的姿勢，倚在門框的華德茂連忙站直身體，立在門的中央。他說：「妳進去了，客人會感到不方便。」

「怎麼會嘛？」她不信地說：「男客就不會不方便，除非是女客。」

「哦——是女客。」

「你這人太不乾脆。」她銀灰色高跟鞋敲得水泥地「得得」響。「我早就料到你家裡有女朋友，所以才不讓我進門——」

他切斷她的話。「不要亂說，不是我的女朋友。」

她的彎長眉毛扭舞著。「那麼，她是什麼人？」

「是學生。」

「一定是個聰明、美麗、討人喜歡的學生。」她又顯出失望的樣子，挖苦地說。

「老師為了學生，寧願把同窗四年的同學攔在門外。這叫什麼？啊——叫厚彼薄此。」

他輕噓了一口氣，覺得自己對王瑜談得太多了。他不願看她像蛇一樣蠕動的身體，再仰頭看向天空。一排冰山似的焦黃雲塊，冉冉飄浮在太陽附近。他聽到隔一條街的公路上，大卡車呼嚕嚕的行駛聲，夾著孩子們的嘻笑喊叫。一隻褐色老鷹擺平雙翅斜著俯衝下來。他突地一怔，擔心鄰家的雛雞被蒼鷹攫走；但立刻便發現那擔心是多餘的，老鷹已撲動翅膀向遠方颺去。

他低下頭垂著眼皮，望著自己的鞋尖。「妳不能這樣相比。」聲音像來自遠方。「我們談到這裡爲止，妳該回去了。」

「你放心，我不會賴在這兒。」

「不，我不是這個意思。」

「誰曉得你腦子裡想些什麼？」她搖動傘柄，身體打了一個迴旋，再面對他說：「和你在一起談天，我眞傻。」

「的確不太聰明。」他說：「妳該研究別人對妳的觀感。」

「不要研究我便知道：你不喜歡和我在一起。」她噘起嘴唇像受了無限委屈。「可是，有不少人請我，求我陪他們玩，我都不願意。你知道吧？」

「知道。」他說。或許就是因爲這緣故，他才不喜歡接近她。在學校裡，她鋒頭十足，每個男同學都在談論她、追求她，注意她的一言一行。她參加各種演講比賽、遊藝活動，成天有人簇擁著她吶喊。他爲什麼要在以王瑜爲中心的世界裡，變成她的附屬品。是孤傲的骨頭撐著他不向她低頭，還是極端的自卑心理，才遠遠地迴避著她？

「還有人反對我來找你，知道吧？」

他連忙問：「那是誰？」

「我哥哥。」

「他有權管妳，」華德茂嘆口氣說：「妳哥哥早就該管妳了。」

「哼！」她頭向前一伸，皺一皺鼻子。「他才管不了我哩。我不管他就不錯了，他還想管我。」

「妳不接受哥哥意見已經不對了；還有什麼辦法管哥哥？」

「辦法才多哩！」王瑜得意地說：「可以講道理，使哥哥服我；爸爸媽媽也會聽我的話，教訓哥哥，約束哥哥──」

他突地感到心中一亮。「妳哥哥反對妳，就不會告訴爸爸媽媽約束妳？」

「爸爸媽媽才不聽哥哥的話哩，」王瑜笑了起來。「而且，哥哥反對我和你來往的理由也不正確。」

他對這問題很有興趣。「什麼理由？」

「我哥哥說，你、你……」她猶豫起來。「你沒有好的家世；大學念完了，又找不到職業，是個流浪漢，不會有……」

王瑜瞪著他，沒有再說下去。他想，一定是他陰沉的面色把她嚇壞了。他曾經盡量忍耐，不使自己的憤怒表現出來；但還是沒有做到。誰知道那是不是她哥哥說的話？也許是她特地找藉口來諷刺他，辱罵他；他不知不覺鑽進她的圈套，眞正是傻瓜。他的確沒有好的家世，母親幫人家縫紉、洗衣服；而他自己要送完三百多份報紙才能去上學。他一直沒有隱瞞自己的家庭經濟狀況。認爲這樣靠自己的勞力，來扶植自己和維持生活，不依靠祖先遺留的財產或別人的幫助，是一種光榮的行爲，怎料到竟會被認爲是一種可恥的身世。

「妳……妳不用說了。」他手指著她結巴地說，竭力忍住自己的怒火。「妳該接受妳哥哥的意見。」

「希望你不要介意，」王瑜像對自己的說話冒失很後悔。「眞想不到你這樣沒有幽默感——」

他胸中的怒火又往上升，逼著她說：「妳有幽默感？妳懂得什麼叫幽默感嗎？」

「不懂，不懂。我們不談這些。」她連忙轉換話題：「我問你：你爲什麼不找工作做？」

「那是我的自由，妳管得了我？」

「誰敢管你啊，」她說：「這叫好心沒好報。人家問你，只是關心你呀。」

「妳關心我有什麼用？」

「也許會有用處。」她把皮包交在抓傘的右手內，用左手搔著頭髮，思索著慢慢地說：「你知道我爸爸經營的事業吧？」

當然知道。在第一個寒假裡，她寫信給他要求解答問題，用的是金東紡織公司的信紙信封，就暗示她爸爸是這公司的董事長；第二次寫信就改用復隆煤礦公司的信封，那是告訴他，她爸爸是復隆公司的總經理。實際上她不必用這方法炫耀她的家庭，他早已知道了。也許是她告訴過每個接近她的同學；也許是追求她的同學拐彎抹角探聽得來；也許是她闊綽的生活方式告訴別人……總之，他對她的富裕家庭絲毫不感興趣。

「妳一定也知道我的個性，是人窮骨頭硬，」他說：「我不希望靠裙帶關係——」

她截住他的話頭：「你又胡說了。我們是老同學，同學在學校可以互相切磋，到社會就該互相幫助。」

「謝謝妳的美意，可是，」他說：「我不想低頭求人。」

「你這人真是的，誰要你去求人哪？」她又敲響鞋跟。「我爸爸喜歡有志氣的青年，也會賞識和提拔有才幹的人；只要我把你的學識和能力向他一說，他準會聘請你，重用你……」

他沒有聽到她下面說些什麼，只覺得耳中嗡嗡的響，金黃的陽光中有曲折的白色線條在翻滾、跳躍。童年的美夢實現了。從能做「捉強盜」、「老鷹抓小雞」的遊戲時候起，他就想到自己未來會娶一個美麗的公主，國王會給他一個重要的位置。他騎著白馬，發揮自己的才幹，創立了豐功偉業，接受千萬人的歡呼喝采……王瑜今天來到這兒，不是和他討論經濟學上的「消費無異曲線」和「生產替代曲線」，而是來釣他這條大魚。他願意做一個釣魚的人，還是願意被釣？

「希望妳不要跟我開玩笑——」他有氣無力地說。「這樣對妳、對我都不會有好處。」

「我講的是實話，」王瑜說：「誰跟你開玩笑。如果你不反對，我馬上就向爸爸提起。」

「當然要反對。」他說：「我不知道妳的眞正用意何在？我要研究研究，考慮考慮。」

「男子漢大丈夫，不要婆婆媽媽的。」王瑜裝成生氣的樣子說：「人家只是爲同學幫忙服務，爲爸爸推薦人才，有什麼値得研究和考慮的。你還以爲我有什麼目的？」

「哦——不，不是。」

「當然不是啊！你又不是三五歲的孩子，自己有主見，自己有判斷能力，還怕什麼？」

「不是怕——」

「不怕就好。那麼我回去跟爸爸談談。哎呀！你看，我們一談就是這麼久，把你的客人怠慢了。我眞的走了，有消息再來報告。再見！」

「再——見。」

華德茂愣愣地望著她的背影。她走得很快很有勁，像是得到勝利凱旋似的。難道他是被打敗了？他爲什麼不堅持己見拒絕她，難道眞去接受王瑜爲他安排的職位？接受了以後，會損傷人格、自尊心……？

「德茂！還不進來！呆站在門口幹麼？」母親在屋內大聲喊。「吳小姐急著要走啦！」

他驀地驚醒，匆促地應著：「來了，就來了。」

吳瑛麗把書本和講義平擱在手掌和小臂上，站在書桌的一端，看著他母親的面龐，像是諦聽母親說些什麼。實際上他知道她是注意他的腳步聲，她的面孔已慢慢側轉迎向他。

母親說：「妳看，德茂進來啦！你這孩子眞傻，爲什麼不把客人讓進來一起坐？」

「媽，您別管。」他說：「這道理一時講不清，我有空慢慢告訴您吧。」

「好啦，我不管。」母親向廚房內走去。「讓你們做功課啦！」

他們都互相僵視著，沒有講話。華德茂歉疚地說：「耽誤了妳不少時間，我們再開始研究吧！」

「不要。」她扭一扭身軀，拍著書本。「我不要上課了。」

「妳生我的氣？」

「不是。我以後不需要補習了。」

他不信地說：「妳臨時改變了計畫？」

「當然不是。我一進來的時候，就想告訴你。因爲你那樣熱心，所以我沒有辦法開口。你今天講的書，我全沒有聽進去，因爲——我，我一直想把新的決定告訴你。」

他盯著她的面孔瞧。她表情嚴肅，沒有絲毫裝假或是開玩笑的意思。可是，爲了什麼會有這決定呢？她高中畢業，考不上大學，補習了將近一年，快要進考場的前一個月，臨陣磨槍的準備是非常重要的，爲什麼她忽然放棄。

「瑛麗，坐下。」他上前一步，親切地說：「我不會勉強妳。妳知道，我是從來不勉強別人的。但我要知道，妳爲什麼會改變計畫？」

她小心翼翼地坐了木椅的一隻角，眼皮低垂。說：「媽媽不讓我念書了。」

「那是老問題，」他跟著坐在桌子的另一面。「妳母親是一直不讓妳念書的。」

「這次不同，」她說：「媽媽對我有了新計畫。」

她說話的聲音很低，一直沒有抬起頭來看他。他覺得瑛麗今天確和以往不同，憂鬱、滿面愁容。他對自己的粗心大意感到後悔，不知道她今天一來就是如此，還是在王瑜和他談天之後才發生這種現象？這兒的院子很小，屋中的窗和門都是敞開的，他和王瑜的談話，瑛麗一定全聽到了。難道就是爲了王瑜，她才藉口說媽媽有了新計畫？

「我不喜歡管別人的閒事，」他說：「但是妳知道，我一直關心妳。如果這對妳不算是祕密，我很希望知道妳媽媽的新計畫。」

她的頭垂得更低，右手折弄著擺在桌上的書本的角，像是非常困惑的樣子。以往她一直很開心，雖然常爲母親阻撓她讀書感到煩心，但過些時候就變得興致勃勃了。因爲她家中有三兄弟，只有她一個女兒，母親雖認爲「女子無才便是德」，要她去做事，賺錢給弟弟讀書，可是父親一直支持她。她在這罅隙中，還能按照自己的願望，做自己喜歡做的事，現在她父親不支持她了？

「媽媽要我結婚。」

他的頭像被擊中了一棍。「對象是誰？」

「是個『小開』。」

「小開也算職業？」他諷刺地叫。

「我怎麼知道，是媽媽說的。」

「那麼一定很富有了。」

「不知道。媽媽說，他家裡開礦，還有工廠，他爸爸是總經理。」

「你見過那個人嗎？」

「見過。」

「妳喜歡他嗎？」

「不知道。」

「他喜歡妳嗎？」

瑛麗思索了一會才說：「不知道。」

華德茂站起身，在屋子裡走著旋轉著。他覺得心情很激動，喉頭像被棉絮或木棍阻塞似的，氣息急迫。他認識她一年多了，從來沒有向她表示過愛意，更沒有親密的動作和言詞。他們談功課、看電影、聽音樂、遊山玩水。他們之間的感情像師生、像朋友，也像情侶。儘管他們沒有談過婚姻問題，但他相信他們各自都有「非她不娶」、「非他不嫁」的意思存在心底；而且他母親也一直把瑛麗當作未來的兒媳看待。他想，他要在她考取大學的時候，再和她談這個問題。誰知道她突地變了，變得使他不相信那是他最喜歡的瑛麗、最純潔最高貴的瑛麗了。

她外表還和以前一樣：白衫、黑裙、平底鞋、長而直的頭髮。她說要在考上大學後，再換掉這學生裝扮。他確實地相信瑛麗會這樣做，誰知她立志是如此的不堅。

「妳看，我問得多傻？」他面對著她說：「妳明明白白地告訴我，妳不讀書了，要結婚了。當然妳喜歡那個有錢的『小開』，那個紈袴子弟也喜歡妳；男女雙方願意才會結婚。妳左一個『不知道』、右一個『不知道』，現在我明白妳說的『不知道』是什麼意思了。」

她抬起頭，狠狠地盯他一眼。「你認爲是什麼意思？」

「那還不容易明白。」他冷笑道：「女孩子說的不知道，就是不便說，不好意思說，也就是『是』的意思——」

她霍地站了起來，抓起桌上的書和講義，生氣地說：「我走了！」

「不要走，瑛麗，」他攔住她。「我的話還沒講完，妳不要誤會了我的意思。我不怪妳；妳沒有錯。」

「我母親錯了？」

「妳母親也沒有錯。」

「那是誰錯了？」

「錯的是那位小開。」華德茂仰起頭激昂地說：「小開家裡有錢，便認爲錢是世界上最寶貴的東西，有錢便可以買到一切。但是他永遠不會知道，有些東西看不見、摸不著，永遠不能拿金錢交換。」

「我不懂你說些什麼，我又不會猜啞謎，我不要聽。」

「妳現在懂不懂沒有關係，我只是告訴妳，妳以後會懂的。」他走近瑛麗，歪著頭說：「我問妳，他答應妳家裡什麼條件？」

「條件？」她眼睛癡呆地望著門外，像思索著什麼。停了片刻才恍惚地說：「哦——條件？是的。他答應負責弟弟們未來的全部學費；讓我爸爸做門市部主任。媽媽說，我們家沒有提條件，是對方自動願意負責——」

「條件是誰提的並不重要；」他搶著問：「妳父親答應了，是吧？」

「那不能怪我爸！你知道的：我爸爸……」她眼淚急速地滾下，聲音也哽咽起來。

是的，他知道她爸爸是一個忠厚正直的小職員，循規蹈矩，不遲到早退，不貪贓枉法；但三十年來，不但沒有升遷，連起碼的生活費，和子女教育費都無法籌措。現在有這樣的好機會，怎能輕輕的放過。

他想，在她爸爸整個的生命中，都有被社會擯棄的感覺，現在有了機會，可以抓住他自己天地中的一個角落；所以連他最心愛的女兒的前途和幸福都不顧了。他怎會想到那個沒有支柱的天地，是會坍塌的啊。

「我不會怪妳爸爸，誰都不怪。」他猛地倒在書桌前面的藤椅，感到疲累不堪，再沒有力量站直面對著和她講話。他怎能怪別人呢？他不能使瑛麗和她家中的人，得到所需要的東西；當然沒有理由去阻止他們放棄即將獲得的繁華富貴。再說，他沒有向瑛麗談過他們的未來。她只是經過朋友介紹來補習的學生，儘管半年前他已不收她的補習費，就憑這一點能說明他是在愛她，未來要娶她？

他覺得自己過去太愚蠢了，既然愛她、喜歡她，爲什麼不明白地告訴她。現在太遲了，一切都無法挽救了。

「我只怪我自己。」他又補加了一句。

瑛麗抽噎地說：「我不明白，爲什麼會怪你？」

那是他心裡的話，怎能講出口。而且現在又不是講這種話的時候，他說了會對目前的處境，不但沒有幫助，還會造成更大的混亂。

「我怪自己沒有力量幫助妳。」他坐直上身拍響大腿，用力地說：「如果我有錢，有地位，有公司行號，我就請妳父親做獨當一面的主管。我就幫助妳和妳弟弟完成學業——」

「你的人好，你的心更好；」她接著說：「所以我一直尊敬你，崇拜你。」

他沉吟不語，打量瑛麗。現在對他說恭維話又有什麼用；她心裡眞是這樣想，就該拒絕媽媽的意見，不和富有的「小開」結婚。

「人好就不會有錢，」他說：「錢和慈善心是永遠分開的。如果我有了錢，那時候人也不會好，心也不會好……」

「爲什麼你今天盡講錢、錢、錢……？」她像不耐煩。「不能講些別的嗎？」

他站起來。大步跨近她身旁。「這是一個錢的世界，爲什麼我不能談錢？」他又激動起來。「有些人心裡想錢，手裡抓錢，但卻裝成正人君子的模樣，聽到錢皺眉頭，看到錢說是髒東西。妳知道他們用不正當的手段，明裡暗裡搞了多少錢嗎？」

「我不要聽你的牢騷。」

「不是牢騷，這是事實，事實是沒有辦法隱瞞的。」他回過身，又走向書桌旁坐下。「妳說，哪一個女孩不愛虛榮？不愛金錢……？」

「眞怪，你怎麼教訓到我的頭上來了！」她突地翻轉身軀，黑色大肥裙旋得像傘般張開，再急遽地落下。現在她背對著他，他看不到她面部的表情，但可以從她聲調裡想像得到她滿臉怒容，一副不屑和輕視的樣子。在人們被觸到短處或缺點時，總會遷怒別人的。

「不是教訓妳，我只是善意的提醒妳。」他走到她身旁，轉到她面前，柔和地說：「瑛麗，不要爲了金錢結婚。妳要知道，婚姻裡面羼雜了物質條件，是難得有美滿結果的。」

「你只曉得張開嘴巴說人，」她又轉了一圈，背對著他。「就不用鏡子照照你自己。」

「什麼，我自己？」他惶惑地說。「我自己又做錯了什麼？」

「你到現在還在我面前裝傻，」她扭轉頭子生氣地說：「你還不是一樣的愛好虛榮，見到有錢有勢的女孩子，就放棄了自己的原則——」

「這是哪兒來的話？妳指的是誰？」

「是誰，你自己心裡明白。爲了瞞住我，把人家攔在門口談心。人家答應了你的條件，你就拜倒在人家石榴裙下。我告訴你，你們講的話，我全聽到了。過去我眞以爲你是個好人，有高貴的心；誰料到你是個騙子，是個口是心非的騙子。我不要理你啦！」

她坐下伏在書桌角上，肩膀連連聳動，看樣子哭得很傷心。難道瑛麗對他也動了眞感情？

現在他明白了：瑛麗不要補習，是在聽到王瑜和他的談話以後才決定的。他爲什麼沒有早想到這一點。

「瑛麗，」他說：「妳知道王瑜和我的關係吧？」

「知道。」

「妳明白她來做什麼的吧？」

「那只有你自己心裡明白！」

「現在我可以告訴妳，她是來和我研究問題的。我們是同學，同學碰到疑難問題，總是互相討論的。」

「我才不信哩。」

「信不信由妳，」他繼續在屋中轉圈子。「我和她同學四年以來，她一直是這樣的。她天眞，千金大小姐的脾氣特別大，所以她來到這裡，我從不讓她進門——」

她猛抬頭不信的問：「平常你也攔她在門口？」

「當然啊！妳還不知道我對她的態度呢？她用有銜頭的信封寫信給我，我就原封退給她，要她用白色信封重寫過，我再拆開了看——」

「你做得不是太過分了？」

「那有什麼辦法，」他兩手一攤說。「妳還不知道她那種有錢有勢、氣燄萬丈的樣子。可是，我表現得比她更自傲、更自負——」

「你是自卑。」

「對，妳說得對，我是自卑。我站在她面前，她像站在十八層高的大樓上俯視著我，要仰起頭來才能看到她。我們不可能平等，所以我要折磨她，疏遠她——」

「可是，你答應她要在她爸爸公司裡上班。」

「妳聽到的，我還沒決定去不去。」他走近她彎腰對她說：「就是去了，我相信也不要緊。憑自己的學問和能力去獲得工作，那並不是丟臉的事。」

「這絕不是你的眞心話。你是藉這機會接近她，讓她有時間征服你。你心甘情願地做她的俘虜，還在我面前爲自己巧辯，我才不要聽哩！」

「好啦！這個問題不要談了。」他不願再爭辯下去。他說：「瑛麗，妳眞放棄讀書的計畫？」

「你管不著。」

「不，不是管妳，我只是關心妳。我雖然沒有物質的力量幫助妳，但可以在精神方面支持妳。妳要知道：有時候精神力量比物質力量大得多、重要得多。」

她低頭凝視桌上的書本，輕輕地說：「爲了這個問題，和媽媽爭論了一晚，都沒有得到結論。」

「妳父親到底怎麼說？」

「他保持中立。」瑛麗說：「爸爸讓我自己決定。」

「那太好了，」他拍響手掌。「如果投票，已經是二比一的優勢。妳爲什麼要決定不讀書？」

「今天準備來向你請教，可是，」她折弄著自己的手指。「突然間發現，你並不是可靠的人——」

「什麼，我不可靠？」

「你平時嘴裡所講的，並不是你心裡所想的。」她嘆息著說：「現在我才知道，人心是很難揣測的。」

「我想，妳一定指王瑜的事。」德茂焦急地說：「我對妳解釋得那樣清楚，妳還是不信，妳眞是冤枉了好人。」

「你是好人、壞人，對我來說，已經不重要。」瑛麗兩手抓起桌上的書本。「我要走了。」

他猛地跨上前去，彎腰抓住她的兩隻手，喘息著說：「不，妳不要走，妳要聽我說。我要把藏在心底的話告訴妳，妳一定要聽我說，我是非常的喜歡妳，非常——非常的愛妳……」

「喂！喂！人呢？」院子裡有很大的聲音邊走邊嚷。「爲什麼沒有門牌？是二十六巷十三號嗎？眞是一個倒楣的號碼！」

華德茂掉轉頭見一個陌生的青年人，站在門口向內張望。他不高興地問：「你找誰？」

「我找——噢——」陌生人說：「好啊！好鏡頭，眞夠意思！」

這時瑛麗已掙脫他的掌握；他也站直身體向著陌生人，惱怒地說：「爲什麼不打招呼不敲門，隨便跑進人家屋子？」

「不要神氣活現，」陌生人說：「跑進這破屋子有什麼了不起，値得這麼大驚小怪。好哇，好……好！吳小姐，吳……瑛麗，妳在這兒做的好事……？」

華德茂詫異地問：「妳認識他？」

吳瑛麗羞得滿臉緋紅，手指著陌生人氣急地說：「出去！你出去！」

陌生人冷笑。「好哇！妳媽媽說妳在這兒補習；原來『補習』是這樣子解釋的！」

瑛麗說：「你出去。我的事你管不著！」

華德茂也大聲喝道：「你不要信口胡說！」

「什麼？小姐，妳說得倒輕鬆。妳的事我不管，誰管！」陌生人說：「妳媽媽已經答應把妳嫁給我，我就是妳的未婚夫，妳還裝糊塗？」

華德茂心尖抖動，一股怒氣上衝。他仔細瞧那年輕人，又長又怪的髮型、花襯衫、窄西裝褲，滿臉輕蔑的神氣。想不到瑛麗的母親，那麼大年紀，會看上這樣一個浮滑的青年。

瑛麗頓著腳道：「這是什麼地方，能讓你胡說八道？你自己不要一廂情願，我答應了你沒有?」

「現在,那並不重要,」青年人得意地說。「我相信妳會答應我的。我有錢有地位,還有優厚的條件給妳,妳怎會不答應。」

「別作夢!」瑛麗咬著牙說:「你以為拿錢可以買到我。你也不睜開眼看看,我是怎樣一個人。」

陌生人哈哈大笑。「我老早看過了。妳是一個年輕、漂亮、純潔的女孩。」他舉起右手,搔著自己油光光的長髮。「妳還沒有領略過金錢的魔力。現在妳跟我一道出去,唔——妳就會知道這是一個怎樣的世界。」

「跟你一道出去?」

「當然啊。」那人驚訝地說:「妳母親告訴我,要我來找妳,一道去買訂婚的首飾、衣料。現在汽車停在門口,妳跟我走吧。」

她猛地轉身。「我不去。」

陌生人聳肩、伸舌頭,做一種怪樣子,因為瑛麗正背對著他。他說:「妳應該跟我去,這是一個好機會;我要把妳打扮得像個公主。我們要到最大的綢緞店,買最好最高貴的料子,為妳裁製新裝——」

「我不要。」

「我要送妳去最大的美容院，」青年人仰著頭，伸著雙手，自顧自地說。「爲妳燙髮、修指甲、美容——」

「我不去！」

年輕人急竄到瑛麗面前，歪著頭，湊在她臉旁問：「然後，妳知道我們要去哪兒？」

「誰管你！」她又閃開了他。

「我們再去最大的珠寶店。」他聲音提高，神情亢奮地說，「妳可以選購妳自己最喜歡的項鍊、手鐲、別針——當然，我要送妳一顆最大最美的鑽石。三克拉，夠了吧？」

瑛麗停了一停，說：「不知道。」

「三克拉不行，五克拉、六克拉該行了吧？」

「不知道。」

「現在沒有看到鑽石，妳當然不知道鑽石的可愛。」陌生人雙手撫著臀部，搖擺著上身。「漂亮的女孩子，戴上光輝燦爛的鑽石，妳知道會有多少人羨慕、妬忌。」

華德茂一直注視著瑛麗，見她似乎被有錢人的言語煽動了。反對的語氣慢慢軟弱，如果不是在他家中，或是他不在她身旁，她也許就要做金錢的俘虜了。現在她爲什麼不講話，不回答他？大概是默認了。女人都是弱者，一定會向虛榮低頭。以後她不能否認了吧？這時候，他認清她的本來面目了。

「別人羨慕、妒忌有什麼用；」那人繼續說：「我要購置一棟精緻的洋房讓妳住，裡面有花園、噴水池、游泳池，還有寬敞的客廳，經常舉行『派對』。妳像公主、皇后一樣生活，該滿意了吧？」

瑛麗說：「你是不是瘋了？盡說瘋話。」

「哈哈……」陌生人狂笑。「瘋了？不瘋，一點兒都不瘋；我說的全是眞話。眞話有時不容易被別人接受；但妳仔細想想，就知道不接受的人，將變成多大的傻瓜。吳小姐，吳瑛麗，妳該接受我的條件了吧？」

「不接受。」

「現在不接受不要緊，我知道妳慢慢會改變主意的。」年輕人充滿自信地說：「在這種又髒又臭的破房子裡補習，能學到多少東西。假使妳眞想求學，我會雇三、五個學問好的人教妳，包妳進步又大又快。」

華德茂這時再也不能忍耐。陌生人對瑛麗說話時那種狂傲的語氣和態度，已使他作嘔；因爲他要觀察瑛麗的反應，所以沒有干預，現在居然辱罵到他頭上來了。他上前一步，大聲說：「講話請客氣一點！」

道。」

「你是誰？」陌生人突然之間才發現他站在他們身旁。

「我是這兒的主人，我替瑛麗補習。」他冷冷地說：「你貴姓？」

「我姓王，」陌生人又大笑。「難怪你對我這樣不客氣。你連王百得的大名都不知道。」

「你叫王八蛋？」

「不要開口罵人。」王百得說。「我名字的意思，就是我想要的千百樣東西，都能夠隨心所欲地獲得。」

「好了，管你是『拔德』，還是『敗德』，那是你自家的事，別人不願意管你。」華德茂說：「我聽你說了很多大話，你眞的很有錢？」

「當然，我家裡有不少錢。」

「你家裡的錢是哪兒來的？」

「那還用懷疑——賺來的啊！」

「你會不會賺錢？」

「笑話！」王百得輕蔑地說：「我家有房產、有地皮、有工廠、有煤礦；吃的、穿的、住的、用的都不缺，還要我去賺錢！」

「你知道吧，天災人禍可以毀滅一切！」華德茂說。「颱風、地震、水火、戰爭……

能把滄海變成桑田，繁華的都市也會變成廢墟。你就能確信你家的工廠永遠不會倒閉、坍塌……」

「你妬忌！你幸災樂禍！」

華德茂不理他，接著問：「如果你家裡的財產光了，衣食住行都成問題了，你靠什麼本領養活自己：靠學問？靠智慧？靠勞力……？」

王百得大聲叫嚷：「豈有此理，你罵人──」

「是你先不講道理，開口傷人！」

「你才不講道理呢！」

「…………」

他們的聲音愈吵愈大，分不清相互說些什麼。華德茂的母親從廚房裡跑出，大聲喝道：「德茂，為什麼要大吵大鬧？」

德茂說：「媽，這個人不講道理。」

王百得說：「他坐在家裡欺侮人！」

母親說：「你們為什麼不坐下？坐下才能講道理。請坐！」

大家不好意思開口了，都在靠近的椅子旁坐下。

「你們講話的聲音都嫌太大，大得像開收音機似的。」母親說：「低級的聽衆，才把收音機開得很響；沒有智識的人說話，嗓門才高得像吵架。你們都是受過教育的人，爲什麼不心平氣和地講理。」

「媽，您知道這傢伙是多麼的瞧不起人。」

「快不要這樣講。他是客人，對待客人要有禮貌。」母親轉身向王百得。「這位是——？」

「我姓王，我叫王百得。」

「王先生，您不是來吵架的吧？」

「當然不是。」王百得沒好氣地說：「我是來接吳小姐的。」

母親說：「那麼，要吳小姐跟你出去就是了，何必吵架？」

瑛麗急著說：「我不跟他出去。」

「爲什麼？」母親問。

「我根本不認識他。」

「妳說謊！」王百得站起身來大聲嚷：「我們見面時，經過正式介紹，還在一起吃過飯，爲什麼說不認識。」

母親伸出右手，示意他坐下。「不要性急，道理是愈講愈明的。」

「那是我媽媽安排的，我根本不願意認識你。」

王百得勝利似地說：「那也算是認識了。」

「認識了又怎樣？我就是不跟你出去。」

「一定要妳出去！」

「絕對不去。」

「非去不可！」

他們的聲音愈來愈大，語氣愈說愈堅決。華母連忙搖手阻止：「對女孩子不能用強迫的辦法，該用說服的工夫。只要你說出道理，別人就會跟著你走的。」

「她不識好歹，不接受我的好意。」

「你完全站在自己的立場，爲自己著想。」瑛麗說：「我爲什麼要接受你的惡意？」

王百得說：「妳有偏見。如果妳和我在一起，對妳，和對妳的家庭來說，算是從糠籮跳進米籮，眞是一種難得的機會。妳不跟我走，將來一定會後悔。」

「絕不後悔。」

「妳的父母會後悔。」

「我的爸爸媽媽是明理的人，」瑛麗說：「不願意睜著眼把女兒送進火坑。」

「什麼，妳罵人？」王百得眼睛瞪大，青筋暴起。「我的家是火坑？」

「想講道理，聲音該小一點！」華母又搖手阻止。「自己的好壞，必須讓別人去判斷。大多數的人，是沒有自知之明的。」

「我不和你們講了，你們大家都幫她。」王百得站起身，悻悻地說：「我馬上就把妳的決定，告訴妳父母，他們會站在我一邊。等著瞧吧：勝利永遠是屬於有錢有勢這方面的！」

華德茂接著說：「快點走吧！你是不受歡迎的客人，我們不會留你。」

「走，我立刻走。我才不高興待在這兒哩！」王百得跨出門口，再掉轉頭對大家說：「在這破房子裡待久了，把窮氣惹上身，那才划不來哩。」

華母跟著站起，上前一步。「對不起，沒有好的招待。」她說：「現在我只能送您一句好話。王先生，謙虛的人，到處受歡迎；不說傷害別人的話，就不會被人們輕視。」

「夠啦，夠啦，不要教訓我。」王百得說：「富有的人，到處占便宜，永遠不會接受別人的教訓。妳告訴我的話是多餘的，再見！」

華母嘆口氣說：「再見！」

王百得才出門幾步，院子內便有女人聲音大叫：「哥哥！你來這兒幹麼？」

「我來找人，」王百得厲聲說：「妳來幹麼！」

屋裡的人都走到門口向外張望。華德茂突然一怔，見進來的是王瑜。他從沒有想到他們是兄妹，現在他們站在一起，才覺得他們的面貌和講話的神氣是多麼相像。

王瑜說：「你能到的地方，我就不能到？」

「這是什麼話！」王百得說：「妳是女孩子，女孩子一定要去高尙的地方，怎麼可以隨便亂衝瞎撞？」

「你眞是個糊塗蟲！」妹妹大聲說：「你當著這麼多人，說這樣糊塗的話。女孩子難道就不是人？你到今天還有這種想法，連我都替你難爲情。還有，你認爲這兒不是高尙的地方？」

「我不和妳鬥嘴。」哥哥說：「我問妳，妳來這兒幹什麼？」

「來找你呀。」

「又亂說了。妳怎麼知道我在這兒？」

「你的確不太聰明。」妹妹笑出聲。「你的汽車停在門口，還不是等於告訴我——」

「有道理，」哥哥拍著額角說：「有道理。」

華德茂皺緊眉頭，看著他們兄妹兩個對話。但她知道王瑜不是看到哥哥汽車才進來的。那麼她又來幹什麼呢？現在她的服裝換了，穿一身乳白色洋裝，紮一根紫紅的腰帶，腰帶的流蘇垂在左側，隨著身體晃動作有節奏地飄蕩。如果她不任性地講話做事，拋棄狂傲的小姐脾氣，或許會有一種迷惑人的力量，使男孩子對她傾倒。但現在這樣子，使人怎敢接近她。

「哥哥，你還沒有告訴我，」妹妹說：「你到底來找誰？」

「我……我來找吳……吳小姐。」

「哦——我明白了，」妹妹上前兩步，打量吳瑛麗。「這位就是你講的美麗的、純潔的天使。你爲什麼不向我介紹？」

「要介紹做什麼，妳自己看好了。」

「哥哥好小器。」妹妹說：「你不介紹，我會自我介紹。」她走近吳瑛麗身旁。

「我叫王瑜。王百得是我哥哥。」

吳瑛麗勉強地說：「王小姐，妳好。」

「我們一見如故。」王瑜拍著吳瑛麗的肩膀說：「以後我們就是朋友。」

「謝謝妳，我不敢高攀。」

「不必客氣。」王瑜說：「馬上成一家人了，還分什麼高低。」

吳瑛麗說：「我們是第一次見面，請妳說話客氣點。」

「怎麼啦，我的話並沒有說錯啊。」她轉頭面向著哥哥，顯出詫異的神情。「你們怎麼會跑到這兒來？」

哥哥說：「她來這兒補習，我是從她家中趕來的。」

「噢——現在我明白了。」王瑜恍然大悟地嚷，轉身走近華德茂身旁。「你不讓我進門，就是爲了這位美麗的小姐？」

「不要把別人和妳扯在一起。」華德茂覺得這是一個非常滑稽的場面，不該見面的人都互相見面了，不希望發生的事卻意外地發生了；而他不想講的話也對瑛麗講了。這到底是誰的錯？這一團糟的人和事該怎樣處理？他眞感到非常迷亂。他說：「妳是不該進來的。」

「進來沒有關係，我是會出去的。」王瑜說：「現在我已明白你是怎樣的一個人了。」

「我是怎樣的一個人？」

「你要我告訴你？」

「當然。」華德茂說：「人有時候會不了解自己。同時，我還想知道別人對自己的看法。」

「不，你想錯了。我不會當著這麼多人的面告訴你。」王瑜臉上浮著輕蔑的笑意。「你是什麼樣的人，你自己心裡明白。」

華德茂內心顫抖了一下。自己究竟是怎樣的一個人呢？他一直認爲自己行爲正直，不逢迎，不吹拍，不損人利己：不勉強別人做不願意做的事……難道這些在王瑜心目中都是缺點？

從王瑜的神色和語調中，像很輕視他。王瑜有什麼理由瞧不起他？是爲了年輕、漂亮、家庭富有？儘管她有這許多值得驕傲的地方，他仍沒有把她看在眼裡，沒有圍繞在她身旁。如果某一個男人對那女孩子沒有野心，女孩子一切驕傲條件都會失效。現時他是不在乎王瑜對他有怎樣看法的。

王瑜斜睨瑛麗一眼，然後向他發出神祕的微笑。他感到氣惱：王瑜心中到底想些什麼？難道她認爲他是一個對不喜歡的人無法抗拒，對心愛的人不能保護的弱者？

是的，他不該和他們一起周旋，應很早就趕走他們兄妹兩個。他們插進來以後，他和瑛麗就增加不少距離和隔閡，將來也許會失去瑛麗了。

「妳不要賣關子了。」他對王瑜說：「妳不會明白我是怎樣的一個人。在妳的天地裡，也不會知道別人怎樣生活、工作、思想……」

「你說我是糊塗蟲？」王瑜怒聲大叫。

「當然，我不是那個意思。」華德茂說：「我只是提醒妳，妳不屬於我們這一階層，應該趕快回到妳的象牙之塔去——」

「你不要攆我，我不會賴在這裡。」王瑜不高興地說：「我話說完了就走。」

王百得跨上兩大步，昂著頭問：「妹妹，妳怎麼認識他？」

妹妹愣了一下。「什麼，你們還不認識？他是我的同學啊。」

「我怎會認識這些窮小子，」哥哥不屑地說：「他是誰？」

「哦！我忘記跟你介紹了。」妹妹尖聲笑了起來。「他就是我跟你講過的學問好、脾氣好的華德茂啊。」

哥哥轉過身軀，面對著華德茂，仔細地上下打量，像要從他身上找出傲骨似的。「妳那樣欽佩他，我還以爲他有三頭六臂；看起來，還不是一副呆頭呆腦的樣子——」

「你又糊塗了，」妹妹止住他。「怎麼當面得罪人。」

「我才不管那許多哩，是妳喜歡他，又不是我喜歡他。」哥哥彷彿忽然有所領悟。「剛才妳說謊。妳根本不是看到我汽車才走進來，妳來這兒是爲了找他。」

「是又怎樣？不是又怎樣？」

「趕快跟我回去！」哥哥命令地說：「男人不喜歡妳，窮追有什麼意思。女孩子要待在家裡接受別人追求；如果走出來追求男人，就會把男人嚇跑的。」

妹妹噘起嘴唇。「哥哥。你不要說得這樣難聽好不好？人家有正經事找同學商量。誰像你成天沒有事做，盡打壞主意。你眞以小人之心，度君子之腹——」

「好啦，別扯啦！」哥哥不耐煩地攔住話頭。「妳有什麼事要找這窮鬼？」

妹妹沒有理他。踮起右腳尖，慢慢旋轉軀體，凝望著華德茂。她說：「我爸爸答應了，你說高興不高興？」

華德茂猛吃一驚，突然覺得屋中的人全在注視他。尤其是瑛麗的眸子，彷彿在他的心中、腦海中不斷地閃爍。他不敢抬起頭來面對她。他並沒有做錯任何事，爲什麼會有這種感覺？

「妳把話說清楚一點。」華德茂說，他怕別人誤會她的意思。「我不知道妳說的是什麼？」

「我爸爸答應你進公司工作了，」王瑜得意地補充說：「只要你願意，明天就可以上班。」

「妳不該這樣開玩笑的。」

「誰和你開玩笑。」王瑜說：「明天就會把聘書送給你。我爸爸說，公司裡需要你這樣的人才，你愈快上班愈好。」

「公司裡要我幹什麼？」

「我爸爸給你一個發展研究室主任的名義。」王瑜說：「你就可以安心工作。」

他覺得耳內又嗡嗡的響，肢體哆嗦。這好像是夢境，但屋中這許多人都睜大眼睛看著他，怎麼會假的。他想，那是王瑜張的一面網，她只要收緊繩索，隨時可以逮捕他。他要做王瑜的獵獲物？

「妳認爲我會去？」

「爲什麼不去呢，」王瑜驚訝地說：「你的學問和才幹有表現的機會了，對你、對公司、對社會都有益，我相信你會去的。」

「妳想得太天眞了，我不會去。」

「你一定要去！」

「我一定不去！」

王瑜性急地說：「你不去，我怎麼向爸爸交代？」

「那是妳自己的事，」華德茂說：「我不能爲了遷就別人，改變自己的原則。」

「我才不相信你有什麼鬼原則！」王瑜賭氣揮動手臂說：「你只是愚蠢、固執，不接受別人意見——」

王百得大聲嚷：「妹妹，別任性了。我代表公司的意見，公司裡不需要這樣又窮又傻的人去研究發展。妳還是快點跟我回家！」

王瑜仍不死心，又追問了一句：「你眞的不去？」

「絕對不去！」

「妹妹，走吧！不要囉嗦了。」哥哥再轉頭問瑛麗：「妳想好了沒有？妳眞不和我一起去買妳自己的東西？」

瑛麗學著華德茂的聲調說：「絕對不去！」

王百得掃視他們二人然後說：「你們會後悔的。」

王瑜也接著說：「你們會後悔的。」

華德茂和吳瑛麗同聲說：「我們絕不後悔！」

他們目送兄妹二人的背影離開。然後回轉頭互相凝視，發出會心的微笑。

吳瑛麗說：「你失去一個工作的機會，實在太可惜。你眞的不後悔嗎？」

他愣了一下，不知該怎麼回答。後悔的該是瑛麗，難道她還不信任他。

他說：「我應該告訴妳了。我已有了工作。」

「你騙人，你是在安慰我。」

「不，是眞的，一家規模很大的貿易行，要我去做英文祕書。明天我就去上班了。妳不信，可以問我媽媽。」

華母點點頭說：「德茂是老實人，老實人不會講謊話的。妳該相信她的話。」

瑛麗像不好意思，羞赧地低下頭。

華德茂連忙接著說：「他們來耽誤我們不少時間，我們接著講下去吧！」

「好。」瑛麗把書本和講義全部放在桌上，說：「今天講過的功課都沒有聽進去，再從頭開始……」

誰是瘋子？

1

父親病故時，我才十七歲；但已感到撐持家庭的重擔，緊壓在自己的肩頭。因爲家中除了年輕的後母，就沒有可以依靠的人了。

父親死後約一個月，後母就從大紅油漆的木箱內，翻出紅紅綠綠的衣服。這些鮮豔的服裝，是她三年前和父親結婚時穿的，父親病了五個月，被壓在箱底，現在全部出籠，又一件件的穿在她身上。她臉上的脂粉也堆得很厚，像化妝上台表演的演員，我預料家中從此不會太平了。

當時，她只二十八歲，沒有生過小孩，我知道她會改嫁的。但在父親死後很短的期間，就有這樣的表現，立刻就引起了我的反感。

一天下午，我從學校提前回家，走進客廳，便見一個穿花條子西裝的男人，緊靠著後母坐在長沙發上。踏進門時，我見那男人的右手慌急地藏放，我想到那是聽到我的腳步聲，才從後母的身上拿下的。

後母紅著臉站起。「這是……是朱……朱先生，」她說，又用左手指著我，扭轉頭看他。「他就是我家的阿傑啦！」

「好小子，」他左肘擱在沙發的把手上托著頭，右手食指輕捋著短髭，穩坐著沒有動。「長得挺高、挺結實，幾歲？」

這傢伙竟以繼父的身分自居了！我眞想一拳打破他的鼻子。

「二十。」我說，覺得自己把年齡報大些，他就不會輕視我，在我家中就不敢胡作非爲了。

說完，沒有等他回答，轉身便走。出了門便聽他說：「一點禮貌都不懂，沒有念書？」

「他還是個孩子哩，孩子氣很重，」那是後母的聲音。「我們不要計較他——」

本來，我已滿肚子不高興，現又聽到後母爲我的辯護，更加憤怒了。我的行爲，與他何干？爲什麼要向他解釋？如果我有足夠的力氣，一定用兩手推翻客廳，壓死那個妄自尊大的傢伙。

我在院子裡迅速地來回走著，想不出什麼洩氣的方法。一隻肥壯的白鵝，點著頭在我後面追逐，用嘴呷著我的腳後跟，牠正高興地跳躍著、嘶叫著，以爲我是伴著牠遊戲。平時，我是喜歡和牠玩在一起的，可是，今天哪有玩的興趣呢。

「阿桂！阿桂！」我大聲的吼著，屋上的瓦片彷彿也被震得在顫動。

阿桂是我家中燒飯的女傭。

「什麼事啊？少爺。」阿桂從廚房的窗中，平伸出頭，頭髮披垂著，蓋滿了臉。在疏散的髮絲中，我看到她驚訝的瞪著雙眼，因我從沒有發過這麼粗暴的聲音。

「妳糊塗，」我罵道：「爲什麼不趕走那畜生，畜生跑進人住的屋子，成何體統？」

她還沒有明白我說的是什麼。「趕走誰啊？」

「畜生，那畜生。」我指著那隻鵝，牠正伏在地上呆呆地望著我。

她右手抓著散亂的頭髮，結巴地說：「你不是總喜歡和牠——」

「妳還講理由？」我不讓她說下去。在眼角我看到客廳的玻璃窗後，人影在閃動，知道他們正偷看著我，我更得意了。「我是主人，誰敢瞧不起我，看我會不會一拳打破妳的鼻子！」

除了阿桂覺得無辜被罵外，我相信我的後母和那姓朱的，都知道我罵的是誰。

脾氣發完，我悻悻地回房，用力帶上門。門撞擊著發出極大的響聲，房屋像跟著簸盪起來。我的房間，緊貼著客廳，我是要叫那姓朱的了解我的個性。

客廳裡傳來一陣狠狠的聲調：「要認眞教訓他，給他吃一點苦頭……」

第二天，我買回一副拳擊用的皮手套，拿一隻帆布袋，裝滿了沙，懸在我房間的梁木上。見到姓朱的來了，便用雙關語罵阿桂，接著便縛起皮手套「乒乒乒乒……」的猛擊著沙袋，響聲迴繞著庭院。那姓朱的看見這挑釁的舉動，便匆匆的走了。

這樣，我感到很高興，認爲我的計畫已全部實現。因爲我知道：我家庭的富有，在這一帶是很有名的。而我後母並不漂亮，瘦得像一根甘蔗；那姓朱的想占有我家的財產，比娶我後母的事實要明顯得多。如果他了解我不是一個好惹的人，就應少打歪主意了。

那姓朱的果然少來了，我在家中難得見到他，只是後母時常打扮得很妖豔的出去。我不能干涉她的行動和自由，見他們這樣的躲避著我，我也落得一個耳目清靜，少管閒事了。

一個禮拜天，我和三個同學去野外爬山。高山爬了一半，我忽然肚痛，休息半天，肚痛停止了，但他們已爬得很遠。我無法趕上，便獨自回家。進門就聽到後母的房內，有那姓朱的笑謔聲，我沒有料到他會跑進她的房，這時胸中的怒火，無法壓抑了，幾次要進去拖出那姓朱的痛毆一陣。但想到自己的身材和力氣，都不能和他相比，走近房門又折了回來。

當然，這並不是完全由於我膽怯和缺乏勇氣，因爲我覺得跑進後母的房中，拖出客人來毆打總嫌過分些，何況他正在海關裡服務。這時日本正統治著台灣，一個平民去毆擊政府的官員，後果是不難想像的。我盡量避免和他發生直接衝突；難道我就眼看著他們在我家中胡鬧麼？

我急忙跑進自己的房內，拿起一隻玻璃杯，猛摔在院中。「嘩啦……」一響，玻璃碎屑濺向四處，那輕浮的笑謔聲被切斷，我乘機拉開喉嚨大喊：「阿桂！阿桂！」

阿桂從廚房內跑出，只拖著一隻木屐，另一隻是赤腳。她雙手擦著白色圍裙，兩眼釘緊那堆碎玻璃，不敢面對著我。我知道她正在想主意來應付這場面。

「我還沒死，」我站在門口，手扠著腰，大聲吼道。「妳敢不把我看在眼裡？」我相信這吼聲可以鑽進所有的牆壁，他們一定也聽清楚了。

「什麼事呀？少爺。」阿桂右手抓著圍裙的角，包起左手，快要哭出聲來了。她實在不知道又做錯了什麼。

「我不在家，就可以隨便？」我叫道。「茶杯裡放了一隻蒼蠅——」

「少爺，那是牠自己闖進去的啊！」

「胡說，我們能讓骯蟲在家中亂闖！現在妳還講理由？」我握緊拳頭在空中畫了一個大圓圈。「我天天練拳擊，妳還不知道？」

阿桂嚇得縮入廚房。我一拳重重擊在自己的房門上，像是打在那姓朱的身上，消去我不少的憤怒。「不論在什麼時候，」我狠狠地咬著牙，大聲說：「一定要妳嘗嘗我拳頭的滋味。」

這時，那姓朱的低著頭經過客廳，走向大門。他剛出門邊，我便哈哈大笑起來。他一定聽到這笑聲，並且也知道這大笑的用意，我想。

2

醒轉時，見自己躺在一張陌生的床上，我驚異地想從床上跳起，坐直了上身，就發現鐵鍊縛著雙手。

我又倒在床上。閉著眼。「這是怎麼一回事？」我對自己說：「難道是作夢？」當然不是作夢，睜開眼便見到自己的手和腳及一切固定的物體。我必須起來，探明自己的處境。這樣想時，一骨碌爬起，腳便伸向地，低頭尋覓了半晌，沒有鞋的影子。我又愣坐在床沿上。

這是長方形的屋子，約有八個榻榻米大小。一張木板床貼著牆壁放著，床的前面，有一隻方形的木桌。床上只有兩條灰毛毯，連枕頭都沒有，我不知道自己怎麼會在這床上睡熟的。

這時，我才感覺到房內光線很暗，原來木板門緊閉著，牆上只有兩個很小的窗。窗門上纏繞著鐵絲，在外面扣牢，像是防止屋內有麻雀逃走似的。

我突然興起一個念頭：「這是監獄？」

但我犯的是什麼罪呢？我只記得中午吃飯時，陪著那姓朱的喝了一點酒，後來的事我就很模糊了。難道在酒醉後我已殺了他，才被警察捉來關在這裡？多吃酒眞會誤事，我雖討厭那姓朱的，但還不想殺他，殺人是多麼野蠻的行爲啊！

幸而腳還是自由的，我便赤腳踏在水泥地上，走到靠近門旁的窗口，見對面也有一排房子。在我房間的右側，有一條走廊通向對面。兩面走廊都很靜，沒有一個人走過。我走到背後的窗口，見後面有一個小花園，花園裡有樹有花，卻沒有看到人的影子。

我在屋中轉了一圈，走到門旁，併著兩隻手扭動門鈕，一點都不動，我知道門是鎖了。我確定自己的行動已全部受到約束。

我在房內茫然的走著，煩悶和焦急圍擠著我。我既然無法逃走，最起碼應該明白自己是落在什麼地方。於是，我便舉起兩手，用腕上的鐵鍊，猛擊著板門，並大聲的吼叫：「來啊！來人哪！」

右邊走廊，響起木屐的「踢踏，踢踏……」聲，走向我的房間，停在門前。我急轉身跳到床邊，將自己身體摔在床上。

鑰匙在鎖孔內一響，門被推開一條縫，伸進一個戴藍線帽的腦袋，向屋內探視片刻，才將整個身軀擠進屋內。那人的右手在身後將門闔上。

「吵什麼？」他冷冷地說，每個字的分量都很重。

「這是什麼鬼地方！」我騰身坐起，將憤怒夾在語言中擲在他的臉上，並釘緊他的眼睛。這時才見到他只睜著右眼，左眼皮黏合著，有菊花大的一個疤痕斜貼在眼角上。我將他那頂油汙的帽子和面龐連在一起了，覺得他又醜又惡，我很討厭他。

他不看我，也沒有注意到我的表情，卻用那隻獨眼梭視著床上紋亂的毛毯。

「這是醫院。」

「胡鬧，」我說：「我又沒有病。」

他沒有理我，横跨了兩步，俯身在那頭的床腳下，摸出一段鐵鍊，雙手撫弄著，發出「叮叮噹噹」的響聲，我身上的肌肉跟著酥麻了。

「到這兒來的人，都說沒有病，」他像自言自語，兩手將鐵鍊拉直，那隻獨眼掠在我的一雙小腿上，我的腿和腳都涼了。「你有沒有事？」他歪著頭問。

他轉過身，走向門口，看樣子就要出去了。他的背有點駝，帽邊下的後腦殼，有很多白頭髮。我發覺他已年紀很大了，起碼有五十歲。

他對我這漠然的態度，更增加我對他的厭惡。如果他就這樣看了一下離開我，仍鎖起房門，我怎樣打發那孤獨和寂寞的時間。這樣想時，我猛跳在地上，躍在他面前攔住他。

「我沒有病，我眞的沒有病，你看——」我合起兩掌，兩臂向上舉，兩腿連續蹲下，像做健身操一樣，表示我的體格強健。「你送我回去吧！」我用央求的口吻說。

他後退一步，右眼瞪得又圓又大，實在怕人。

「安靜點，躺到床上去！」他厲聲地說：「如果你的病好了，自會送你回去。」

他臉上的肌肉，繃得很緊，像用針都刺不進去。我知道講好話不會有效，看樣子，他不會賣人情了。

「好吧，」我說：「你應該告訴我，我生的什麼病？」

他冷笑，那隻獨眼閃動著，瞎了眼的眉毛像比右眉要低些。「我不是醫師，怎會知道你的病。」

「那麼，你是什麼人？」

「我是專來管理你們的。」他說。抓著我的胳膊，推我到床前，要我躺下。我運用力量在兩腿上，略顯抗拒的意思。「不要亂跳，不要胡鬧；如不聽話，就把這個鎖在你的腿上。」他揚起手中的鐵鍊，鍊條在空中畫了一個弧形。

我的身體左右牽動，用力摔脫他的掌握，面對著他叱道：「這是什麼鬼醫院，鎖起我的手是什麼意思？趕快拿掉。」

「安靜點，安靜點，」他右手拍著我的左肩，肩頭上隨即起了雞皮疙瘩：「你眞的不知道，這兒是——是精神病醫院——」

我像被他當頭猛擊一棍，失去所有的感覺，僵硬地愣視著他，停了很久才清醒過來。

「精神病醫院？」我突地跳起，兩手抓著他的左肩搖晃著。「我……我神經很正常，我一點都不瘋。」

他抓著我的手腕，推開了我，開始冷笑。在這冷笑中，含有極端的輕視和不屑與我講話的味道。

「你瘋不瘋我管不著，」他說：「但你得好好的躺在床上。」

說完，他獨眼凝視手中的鐵鍊，像無法決定怎麼辦似的。但終於帶著那截鐵鍊，走出門外。我呆視著他闔上房門，接著便聽到鑰匙在鎖孔內轉動的響聲。我血管內的血，彷佛立刻凝結，靈魂也跟著那響聲飛散了。

我默坐在床上，從記憶中搜索未來到這兒以前的事。想起陪那姓朱的吃酒時，一切都是正常的。本來，我不願陪他，但後母說了許多好話，認爲我不陪客人吃飯，是很不禮貌的事。在她的言語中，我聽出那姓朱的要藉這機會與我和好。我不會聽了幾句好話，就和他妥協的；我心中有了決定，便沒有顧忌，所以陪他吃了幾杯酒。誰料就醉到如此程度，被送到這裡，自己一點都不知道。

我明晰地記得，在吃酒以前做事和說話，都是有條有理。難道他們認爲我過去罵阿桂、練拳擊就是發瘋嗎？那麼，他們太不懂得我的心理了。

突然，我對自己的神經也懷疑起來。我爲什麼要罵阿桂呢？在阿桂的心目中，一定以爲我是發瘋了。我平時從未對她高聲說過話，因我覺得和地位低於我的人相處，應該要謙和些。現在忽然反常地罵她，她當然說我是發瘋。

還有，我爲什麼要反對後母做的事呢？父親死了，她遲早總得嫁人，我怎有權管她？她嫁給姓朱的或是姓王的，與我何干？我無故的阻止和取鬧，難怪他們要送我來瘋人院了。

我盤膝坐在床上，盡量設法用事實來證明自己是正常的，但有許多對我不利的想法，在腦海中翻騰，我也覺得自己有發瘋的現象了。記得在讀過的一本童話故事書中，說發瘋的人，是看不到自己影子的；我立即站直在床上，面對著牆壁。瞧著，瞧著，一分鐘一分鐘的過去，牆上仍沒有影子出現。

這是黃昏的時候，天陰沉沉的，像要下雨的樣子。室內的光線很暗，我的心被失望和恐懼擠塞在一個角落，感到無限的空虛，脈搏猛烈地跳躍，血管像快要爆裂了。我瘋了，我眞的瘋了。我隱約地記得，以往只要站在牆前，牆上就會有與我相同的身影出現，今天爲什麼沒有呢？我舉起手臂搖晃，牆上仍是一片沉寂。

這是可靠的，這是眞實的，我瘋了，現時住在精神病醫院裡。人們都將用看瘋子的目光看我，並且指著我說：「瘋子，看瘋子啊！」

一陣痲木的感覺透過我全身。我記不清在什麼時候自己就有這發瘋的感覺了，好像從我記事的時候起，我就是瘋子，一直都過著瘋瘋癲癲的生活。今後也就永遠的瘋下去，我將永遠接受別人譏嘲的目光，永遠住在這瘋人醫院了。

一陣悲哀和恐怖猛襲著我，使我感到暈眩，我將自己摔倒在床上，大聲嘶吼：「我瘋了，我眞的瘋了……」

我在床上滾著，啼哭著，腳踢著床架。我哭得很傷心，父親死時，我沒有這樣啼哭過，現在我眞的想念父親了。如果父親不死，他會陪伴著我，不會把我一人孤零零的拋在這裡。再說，父親如果活著，我看不到那姓朱的，怎會發瘋呢。

我身體上並不感到有其他的痛苦，只覺得心在猛撞著肋骨，彷彿要衝出胸腔。我想，如果這樣的徵候就算是瘋病，那並不可怕，可怕的將是別人對瘋人的看法了。

繼續的吼著、哭著，毛毯被眼淚染溼了一大塊。走廊裡又響起木屐的聲音，那刺耳的「踢踏」聲，像一步步踏在我胸前似的難以忍受。我知道那又兇狠、又猙獰的獨眼龍來了，我眞不願意見到他；因爲我恨他，恨他將我發瘋的事實告訴我。

門開了，我仍斜橫著伏在床上號哭，忽聽到房中有互相低語的聲音，我知道除了獨眼龍外，還有其他的人進來了。

我急於要知道進來的是怎樣的一個人，便縮回兩隻被縛的手，弓著腰，想翻身坐起。但久伏在床上，手腳麻痹得不受控制了，略一轉動，便滑跌在地上。

一陣羞愧，激起自己的憤怒，我便趁勢在地上哭吼著、翻滾著。

「起來啊！」溫和的聲音鑽進我的耳朵。「爲什麼要這樣鬧？」

我仍閉著眼睛說著：「我瘋了，我瘋了……」

「瘋了不要緊，我們會醫治的。」溫和的聲音繼續說：「地上很髒，快到床上去。你不怕髒嗎？老鄧，拉他起來。」

我當然怕髒的，獨眼龍扶著我的胳膊，我便挺立起來。這時，我知道獨眼龍叫老鄧了。

「你是醫師嗎？」我坐在床沿，雙腳懸空地掛在床側。那穿白衣的人，正面對我站著，老鄧退後倚在門上。

「唔。」他只哼了一聲，我想那就表示他是醫師了。接著他用力地瞧了我一眼，他目光掠過我的身體時，被照射的部分肌肉，便跟著緊張起來。

「我的病會好嗎？」我問。

他從自己的腋下拿出長方形的木板夾子，上面夾著幾張紙，他用黃桿鉛筆，在紙上寫著。

「會好的。」他說。

我想，那是醫師安慰病人的話，不會正確的。他仍繼續的寫著，停了一會兒，抬起頭來看著我的眼睛，用筆桿指一指我面對著的牆壁，說：「你看，那兒是些什麼？」

我提起所有精神，睜大眼睛，一寸一寸地在牆上移動，想看清牆上掛的東西；但那白色的牆，除了有些破裂的地方，露出枯黃的泥跡外，什麼也沒有。可是，他為什麼要這樣問我呢？一定有什麼東西掛在牆上了。

「那是一幅風景畫。」我急遽地說。想起自己房間裡所掛的畫了。「那隻小船，風脹滿了帆，正向前行駛哩。」

醫師點一點頭，像是默許我講的話。我提醒自己，在這頭腦清楚的時候，一定要講些聰明的語句；不然，他就以為我真是瘋子了。

他低頭寫著，忽然用筆尖指著我身後的牆壁：「那兒有些什麼？」

我掉轉頭，見牆上仍是一片空白，但為了要表示自己的智慧，我說：「那是一隻電鐘。」

「好了，好了，你靜靜的休息吧。」醫師拍拍我的肩頭。彷彿怕我會拉住他不給他走似的，兩隻腳搶著向外移動。「老鄧，你好好照顧他。」話沒有說完，他已走出門外了。

醫師走後，老鄧告訴我，他就是這醫院的院長。我這時很後悔，沒有問他什麼時候送我回去。我想，他以後還會來的，只要我裝得聰明些，他就不會把我看成瘋子了。

3

第二天上午，大約十點鐘左右，我感到悶得無聊，盤膝坐在床上掏出口琴來吹著，那是昨天吃飯時，塞在褲袋內沒有拿出，便跟著我一道進醫院了。

幾個熟的歌譜吹完，沒有興趣吹下去，但還兩肘架在膝上兩手捧著口琴，不成腔調地吹著。因為放下它，就無事可做了。

又聽到鑰匙在鎖孔內轉動的聲音，我並沒有停止，吹得更起勁了。我想，這又是獨眼龍來干涉我吹口琴了，難道這又擾亂了他？

門推開後，停了片刻，才有人踏進房間，那進來的人走近我時，我才抬起頭來。

我立即呆住了，口琴跌落在床上。低頭看到縛著兩手的鐵鍊，我的眼淚湧出。原來，進房間的是我的後母。

她右手提著一小籃蘋果，左臂夾了一個花布包袱，我想那是我的換洗衣服了。我沒有想到她會來看我；而她來時，我又是這樣的狼狽。我不知道自己流淚是感激，還是慚愧？但我必須使眼淚停止；流淚是情感脆弱的表現，我怎能在她面前顯示自己是個弱者。

她將蘋果籃放在小方桌上。說：「你昨晚睡得好嗎？」她兩手撫弄著那包袱，像不知道要放在何處。終於塞在我床頭，她跟著也坐在床沿上。

「好，很好。」我倔強地說，眼淚已經忍住了。

「我給你帶來一點零用錢，」她從外套的口袋內，掏出一疊鈔票來，擎在右手中。彷彿她這時才發現我的手是被縛著的，愣了片刻，才將鈔票放在桌上。

我沒有作聲，也沒有準備去接那鈔票，只是靜靜地看著她。她穿著一襲黑色的衣服，外面罩著一件短的白色外套，她穿上這素雅的服裝，我覺得要比她穿花花綠綠的衣服好看得多。

她忽然站起身，向門外走去。一會兒，獨眼龍和她一道來了。

「我開鎖很容易，」獨眼龍說：「妳能保險他不鬧嗎？」

「他不會鬧的。」她平靜地說。

「好吧，」獨眼龍走近我，右手的拇指和食指揑著鑰匙，左手抓著我的手臂。「如果他胡鬧，我再鎖起他來。」

他拿去我手上的鐵鍊，我俯視兩腕上的紅跡，眼淚又要滾出來。我詛咒自己的軟弱，牙齒緊咬著下嘴唇，才沒有使淚珠迸出。

獨眼龍搖著鐵鍊出去了，她站在床前面對著我說：「朱先生和院長是好朋友，明天請他來和院長談一談，要他們好好照顧你──」

我低著頭，沒有再聽下去。想到我離開家後，她和那姓朱的沒有一點顧忌，不知道要鬧出什麼花樣來了。

「明天要他來看你──？」

話已說到我的頭上，我不能再忍受下去了。

我用右手猛拍著床鋪，大聲嚷道：「不要，我死了，也不要他來看我。」

她睜大眼睛看著我。「爲什麼呢？你的脾氣這樣怪！」

「爲了想念我的父親。」我說。

「誰不想念你的父親呢？」她的眼皮也溼潤起來，我想，她也要流淚了。「可是，我還要生活下去啊！」

「妳現在不是生活得很好嗎？」

她的眼淚眞的滾出來了，掏出手帕來敷拭著：「你還是個孩子，不會懂的——」

「誰說我是孩子？誰說我不懂？」我又嚷了起來。「你們的事我全懂，我就是不要那姓朱的來看我。」

她轉身向外走去，走了兩步，又掉過頭來，說：「將來你會後悔的！」

我爲什麼要後悔呢？現在我已瘋了，住在瘋人院裡。我不和他們妥協，他們怎樣對付我，我是不會怕的。我心中所想的話，沒有說出，只是默默地看著她走出房門。

過了很久，還聽到她和獨眼龍說話的聲音，那是獨眼龍送她離開醫院的。

接著獨眼龍進來了，他眼光在屋內巡視一周，忽然停在那籃蘋果上。

這時，後母走了，但我的憤怒並未平息。我眞不願吃她送來的食物。我說：「這籃蘋果送給你吃好了。」

他的眼光從蘋果籃上拔出，落在我的臉上。「我們不吃病人的東西。」他冷冷地說。

我對他一番好意，卻不料碰了一個釘子，面頰感到一陣熱。爲了掩飾自己的羞愧，便從床上躍下，拿起一隻蘋果，猛地啃了起來。

4

我很失望，那院長走後，一直就沒來過。每天只是老鄧送來三餐飯，吃完他便拿走碗盤。生活枯燥而刻板，我才眞正感到瘋病的可怕。尤其在夜晚，房內漆黑，寂靜無聲，恐怖包圍著我，我眞擔心天花板上或是牆角會走出一個猙獰的魔鬼。我平時看的那些神怪小說，這時又出現在腦海中了。

我不時面對著牆壁，直著嗓子狂吼一陣，這樣似乎膽子壯了一點。但老鄧馬上來阻止我。

「如果你再胡鬧，」他咬著牙齒說，用拳頭敲著門框。「就再鎖起你的手和腳來。」心中的悒鬱和恐懼，無法排遣。我的朋友，只有四面的牆壁。口琴也不願吹了，現在我才感覺到，唯有快樂的人，才能在音樂中獲得樂趣；像我這樣憂悶和悲愁，就不適宜於吹口琴了。

後母走後，一直就沒有來過。現在只要有人來看我，我就不管他是朋友或是敵人。如果那姓朱的來到這裡，我相信自己也會歡迎他的。

每天盼望著，但都失望了，一隻狗都沒有來過。假使現在有一隻鵝陪著我，我也不會感到如此的寂寞了。我曾請老鄧幫我買一隻鵝回來，但他馬上瞪著那隻眼問我：「養在什麼地方？」

「在我的房間裡。」

「瘋話！」

我是瘋人，當然說的是瘋話。可是他怎知道我內心空虛的痛苦呢？

近來，我每從床上坐起，便見到後面窗口，有一雙眼睛在鐵絲孔內窺視著我，我站起走近窗口時，已看不見人影了。

起初一、二次，我還以爲是偶然如此；時常有人這樣做，我就感到很奇怪了。難道醫院派人監視著我麼？我知道監視著我，並不是想殺我，或者是要吃我身上的肉。只是注意著我是不是發瘋罷了。但我一定要看清那是怎樣的一個人。

我的注意力集中在後面的窗口，白天三分之二的時間，伺伏在那兒。我可藉此機會欣賞小花園內的花草了。花圈內有一株高大的黃楊，兩棵夜來香，還有幾株櫻花，櫻花正開得很濃豔。另外的樹和花我都不認識了。

窗口的一雙眼睛不再出現了，只看到花園內經常有一個二十多歲的青年人在打太極拳。實際上我並不知道他打的是什麼拳。常見他擺的一個姿勢，是將右上臂抬起與肩相平，小臂下垂，握緊右拳。左臂伸直插向小腹下，手掌張開，這姿勢擺約五分鐘後，就亂揮亂跳一陣。

現在我對他打拳的時間也記準了。早晨大約是七點，中午一點，下午五點左右，每天三次，每次都要打半小時。我看不到那監視著我的人，也懶得注意後面的窗口了。

三天後，午睡醒來，睜開眼睛又見那窗口的一雙眼睛。我猛然縱起身，由床頭跨躍到窗口。突地呆住了，原來偷窺著我的，正是那打拳的傢伙。這時他正彎著腰，向黃楊樹下逃竄。但我看到他的背影，就認出是他了。他上身穿一件灰色的布夾克，下面穿一條黃卡嘰的長褲，左腿的褲腳管捲到膝蓋，右腿的褲腳管仍舊蓋著腳面。他每天都是這樣裝束，我是不會認錯他的。

這時，他已溜到樹下，掉轉身，見我緊釘著他。他的臉紅起來，現出尷尬的窘態，又準備擺打拳的姿勢了。

「喂，打拳的朋友！」我喊，嘛一嘛嘴唇。「爲什麼你要偷看我？」

他已知道無法掩飾，兩手垂下，緊貼著大腿，兩腳慢慢向我窗前移動，像一個做錯事的小孩，擔心捱打，不敢走近大人身旁一樣。

「我……我……只想看看。」他訥訥地說。

「看什麼？」見他這樣怕我，我的膽子壯了，聲音也大了。「快過來。」

他走到窗前，筆直地站著：「我只想看看你，爲什麼不出來打拳。」他說：「常常睡覺，身體就不健康了。」

「你沒看到嗎？」我用手指一指關閉著的門。「我不能出去啊！」說完我自己也感到好笑，怎麼和瘋子講道理呢？

「這還不簡單，你沒有這個嗎？」他握緊雙拳，直晃向我的眼前。我的頭連忙縮回，才想起他和我隔著一層鐵絲，但我卻擔心他的拳頭——他拳頭並沒有捽在鐵絲上。

「我爲什麼無故打人，」他說：「我又不是瘋子。獨眼龍最初也是關著我，後來我給他嘗嘗拳頭的味道，他就讓我出來打拳了。」

我每天和他談幾次瘋話，驅走寂寞不少。他對於他自己的身世和家庭環境，一字不提。連他的姓名也不肯告訴我。「爲什麼要將姓名帶出來呢。」他說：「我又不是瘋子，瘋子才到處表揚自己哩！」

在獨眼龍口中，才知道他是無主的瘋子，在外面擾亂社會秩序，被送來瘋人院，誰也不知道他的來歷；幸而他除了打拳外，還不太吵鬧。如關在房內，他就要打爛床鋪了。

我隔壁的房間內，住著一個二十歲左右的女瘋子。她的母親經常扶著她在走廊下散步。有時，她們同坐在她的門旁，我在前面的窗口，就可以看到她。她時常問她的母親：「他會來嗎？」

她的母親回答：「會來的。」

「爲什麼到今天還不來？」

「一定是有事不能分身。」

「不，妳騙我，妳騙我，」她站在母親身後抓著母親的雙肩，頓足哭道：「他一定不愛我了……」

尤其是在夜晚或黎明時，吵得最厲害，常把我在熟睡中鬧醒；但我知道瘋人被壓抑的痛苦，也不去設法干涉她們，只是靜靜地躺在床上聽著她們。

一天下午，我突地回到家中，阿桂已經走了，換了一個新的女傭。她和後母一同罵我，要我趕快離開，她們都說不認識我。我要走近她們，告訴她們我是誰時，她們走回房間關起了房門。

我在瘋人院中，受了很大的委屈，回家時又受到這樣的欺侮，我氣得睡倒在庭院中翻滾著，哭嚷著。

忽然，客廳的窗戶內，伸出一個男人的頭來，大聲喝道：「你快起來，不起來我就揍你！」

這不用說，一定是那姓朱的了，我揉揉眼睛，縱起身，想摑他一記耳光。

我突然驚醒了，原來是一個夢。睜開眼仍見牆壁上伸出一個人頭。我沒有時間考慮，便從床上躍起，在他的左右面頰上，猛抽了兩記。

「啊——」一個尖長的聲音叫起來。「瘋子打人了，救命啊——」

我呆住了，他不是姓朱的，更不在我的家裡。原來左邊板壁上的一個洞，昨天只有酒杯口大，現在天剛亮，太陽還沒有出來，隔壁瘋人的頭已伸在我的房內了。

他的頭沒有縮回，口裡喊叫著，兩手在他自己的房間內捶著板壁，這鬧嚷聲已震動全院了。

獨眼龍來時，手裡拿著玻璃杯粗細的一根木棍，打開門向我橫掃過來，我急忙閃身躲過。

「你看！」我嚷著，用手指著那板壁。

他掉轉頭便明白是怎麼一回事了，兩手舉起木棍，向那伸進來的腦袋打去。

「哎呀！」我驚叫著，我想，那個瘋子完了。

但他的木棍停在空中，並沒有落下去。「快點縮回，」獨眼龍威嚇著說：「不然，我就打破你的腦袋！」

那腦袋安靜地縮回，獨眼龍用歉意的目光看著我，好像在說：「不知道是他吵鬧著你，我錯怪了你。」但他不知道我打那瘋子兩記耳光。

於是他搖著頭說：「瘋子，這些瘋子啊！」他走出門時又加了一句：「什麼時候才不鬧呢？」

他走後不久，板壁上的窟窿，就在隔壁的房內，用另一塊木板釘起。我的心平靜了，不擔心那瘋子再伸出頭向我報復了。

我住進醫院大概已有三個月了。現在已是盛夏，白天房內悶熱，夜晚蚊蟲擾害著我；我實在無法再忍受下去，每日都盼望能夠回家。但一天天過去，我仍閉塞在這屋內。

此刻我已知道，這醫院除了給我住和吃以外，並沒有藥給我治療。

5

我不明白這僅是對我個人如此，還是全院的病人都是一樣。如果醫院不給病人治療，病人爲什麼要進醫院，住在家裡休養不是一樣嗎？那還要省去一筆住院費呢。

我知道隔壁的女病人，因無法繳費，已轉到另外的醫院。伸頭進來的瘋子，也搬進三等病房的大房間。實際上我是喜歡住到大房間去的，那裡人多，不會像現在這樣只能數天花板了。

老鄧送飯給我吃時，我便向他提出這意見。

「你眞是瘋子，」他說：「大房間內人多嘈雜，空氣很壞，你一天都受不了的。」

我告訴他，我怕寂寞，願意住在人多的地方。

他說：「不行。我們不能聽信病人的話，那樣，你家裡就要認爲我們虐待病人了。」

「那麼，你送我回去吧；我不是沒有病嗎？」

他只是搖頭笑笑，便一聲不響地走了。

這樣我知道自己一定瘋狂得很厲害，只是自己無法覺察而已；如果自己能明白什麼言語和舉動是癡呆的，那就不是瘋子了。

我每天的希望就是三餐飯了。由於院中的伙食很差，分量也不夠，每頓飯前我都感到餓得很厲害，總想能提前吃飯。同時，送飯來的一定是老鄧。他大半都看著我吃完，然後才將碗盤拿開，我邊吃邊和他聊天。從他的口中，知道這醫院的規模很大，住著二百多個瘋人。院中的醫師也不少，但並不替每個病人看病，因爲有很多瘋病，不須吃藥，只要靜養便會好的。他說，像我就是這樣的病人。

「那麼，我的病還會好嗎？」我問。

「當然會好的。」

「我什麼時候可以離開這裡回家呢？」

「回家？」獨眼龍本來坐在床沿看著我吃飯，這時站了起來，用右手拍著後腦袋。

「很難說——總之，你住在這兒不會太久了。」

看到他呑呑吐吐的樣子，我很懷疑自己的病症。離開這裡，不能回家，是爲了我的後母嫌這裡住院費昂貴？還是另外有更好的醫院，能很快的醫好我的瘋病，我必須轉院？但從我住進醫院這麼久，後母只看我一趟的事實來看，她是不會希望我早點治好回家的。

我的飯已吃完，菜也吃光了，但我還捧著碗不忍放手。實在的說，我只有半飽，如有雙份的飯菜，我也會吃完的。

忽然發覺獨眼龍正緊釘著我這副饕餮相，我的臉龐跟著發燙了。「你可以幫我添一點飯來嗎？」爲了掩飾自己的心虛，我故意這樣說。

「你不知道外面的食糧是多麼缺乏，」他說，「物資全給日本人控制了，我們吃的東西，有一定的配發量。你現在能吃得這樣好，已很不容易了。」

「那麼，我只好挨餓了？」

他沒有回答，只是注視著我，我已放下碗筷。

他端起碗盤走了兩步，突地掉轉身來，問：「你有錢嗎？」

我不懂得他的用意，躊躇著沒有回答。

他將碗盤擱在小方桌上，瞪著獨眼嚷道：「你還不相信我，以爲我會呑吃你的錢？」

我將沒有立刻回答的理由告訴他，他的憤怒仍未停息。「這不是很明白的事？」他說：「假使你有錢，我每天可以幫你多添一點。你要曉得，這錢並不是我要的，我只是幫你想辦法。如果懷疑我不是好人，那你眞正是瘋子。」

我覺得他很主觀，爲什麼別人懷疑他不是好人，就是瘋子呢？不過，我現在已看清他，他的本性要比他的外貌容易使人接近些，我慢慢的在喜歡他了。

「我眞的沒有懷疑你，」我爲自己辯白，無論如何我不能得罪他，他如對我不滿，就要鎖起我的手和腳了。「我雖不知你的過去，但我早就當你是好人了。」這一半是討好，一半是眞話。

「我的過去，你還不知道？」他走近一步逼近我說。「三年前，在這一帶，誰不知道我姓鄧的是頭等好人。我變成這樣子，你都不曉得？」

在他說話的語氣中，像是不知他過去的人，就是有眼無珠。但他明知我還是個孩子，怎知道社會上大人們的事呢？如果我不是住在瘋人院裡，一定要說他是瘋子了。

伸出右手，我示意他坐在我的床上。「我正想聽聽你的過去哩！」我巴結地說。

獨眼龍坐在床沿，左腿架在右腿上，雙手抱著左膝蓋，我斜倚在床架上，聽他敘述。他說，他家裡原來有房屋和田產，還有一個漂亮的太太，生了一個女孩，家庭很幸福。他有一個交往很密切的朋友，那朋友時常在他家玩，在他家吃，他待那朋友如同兄弟一樣。忽然那朋友接到「皇軍」徵集的命令，要到海軍去服役。他特地在家中備辦了酒菜，爲他餞行。他們從下午六時起就開始喝酒，一直喝到十一點，他們都醉醺醺的了。

說到這裡，他閃動著獨眼問我：「你知道這時發生了什麼事？」

我搖頭告訴他，我想不出有什麼事發生。說實在的，我對他平淡無奇的故事，並不感到興趣。假使不在瘋人院，我早就攆走他了。但現時必須裝得很認眞地聽著，他走後，我就更寂寞了。

我坐直了身體催他：「你快點說吧！」

「我們兩人面對著喝酒，」獨眼龍繼續說，他揮舞著手臂，情緒顯得非常激動。「我那個朋友忽然放下酒杯對我說：『我要和你太太……睡……覺——』

「我想不到他會說出這禽獸般的話，很後悔請他喝那麼多的酒，酒喝得多的人就失去理智了。

「我站起走在他身後，兩手撫著他的肩頭。我說：『你一定是醉了，先去躺一會兒吧！』

「他聳一聳肩站起，摔脫我的手。『醉不醉都是一樣，我就要這樣做。』他說著突然翻轉身，猛擊我的下顎一拳，我被打倒在地上，但我隨時拉著他的小腿，他也跟著躺了下來。

「我們糾纏在一起，相互毆擊，實在是我喝酒太多，加上憤怒撕碎我的心肺，我氣得渾身哆嗦，四肢也沒有力氣了。我終於被他揪住，他騎跨在我的身上，右膝蓋壓緊我的右小臂，左手抓牢我的右手，他從身後拔出一把鋒利的小刀，直刺向我的腦袋——」

「呀——」我驚叫起來。

他看了我一眼，繼續道：「我的身體一挺，運出全身力量掙扎著，他的刀偏了一點，直對我的左眼刺下——現在你該知道我爲什麼只有一隻眼了吧？」

我忙著點頭，看到他現時眼上摺皺的疤痕，同情和憤怒絞著我的心，「後來呢？」我問。

「我當時就暈了過去，」他說：「在昏迷中我被房內淒厲的嘶喊聲驚醒過來。我撕下身上的襯衫，紮著被刺傷的眼睛，撐著站起，手扶牆壁走到房門口，進門一看，我又暈了過去——」

我搶著問：「你究竟看到了什麼？」

「我太太身上的內衣，全被撕破，赤裸地躺在床上，身上被刺了五六刀，鮮血從她身上流出，五歲的一個女孩，浸在血泊中，她正在酣睡中——」

他兩肘撐著膝蓋，兩掌貼著面頰，獨眼瞪著水泥地上的一個破損的窟窿。我想，他正在回憶以往的悲慘場面吧！我的心像被剜去一塊，憤怒和痛苦立刻便擠滿那空隙。

「在他刺你的時候，」我問，「你太太爲什麼不逃出去喊鄰人？」

「那時是深夜，她已熟睡，」他乾癟的眼槽內，也擠出一滴淚珠來。「而且我們吃酒時豁著拳，一直在吵嚷，後來的嘶喊，別人聽到也不以爲怪了。」

我找不出適當的話來安慰他，只有默默體會他的痛苦。現在我覺得他比我悲哀些，孤獨些。

「我是這樣的一個好人，卻得到這樣的一個壞報應，」他從床沿站起拍著手道：「現在對你，我也不想做好人了！」

我迅速伸手插進當枕頭用的布包，掏出鈔票，塞在他的手裡。「我的錢全交給你，」我說，「我完全相信你，你一定是個好人。」

他低頭愣視那厚厚的一疊鈔票，然後踟躕地向外走去，到了門邊右手握牢門鈕站著，突然旋過身來走近我。「我問你有沒有錢，並不是這意思，」他低聲說：「你知道自己的危險嗎？」

我從床上躍下，赤腳站在他的面前，慌急地問：「你是說我的病，無法可治了？」

他停頓不語，像是思索著如何回答。半晌才反問我：「你曉得你的病是眞的，還是假的？」

「我怎會知道呢？」我立刻迷惑起來，說：「這裡是瘋人醫院，而我住在這醫院裡；那麼，一定是瘋人了。」

他回到門旁，打開門伸頭向外探視後，又將門關起，走近了我悄悄地說：「你進院不久，院長就確定你不是瘋子——」

「眞的？」我高興得跳起來，雙臂抱著他的腰幹，想把他擎起。這消息太使我興奮了，我一直懷疑自己的病症，不相信一個人瘋了，頭腦還是這樣清楚。現在經老鄧證實我的確是個正常的人，我可以回家，我可以享受那自由的生活；我又可以練拳擊，罵那個姓朱的了！

「我什麼時候出院呢？」我放開了他，在屋內團團地轉著，這消息使我的精神振奮，我無法使自己安靜片刻，我的心已飛翔在藍天、綠樹的田野間了。

「不要性急，你應該聽我說，」他坐在床上，皺著眉，雙手亂搖。「事情並不像你所想的那樣簡單，變化太多了。」

我走近了他，蹲在他的膝前，仰頭看著他低垂的獨眼，他顯出苦惱的神色。

「院長叫人送信到你家裡，要你家中人接你回去，你的後母答應來接你，可是，」他右拳握緊揮了一下咬著牙說：「後來根本就不是那回事！」

「後來怎麼樣，我一點都不知道。」

他左手摸著耳朵的邊緣，偏頭凝視門上的一道橫木，停了片刻他才附著我的耳邊告訴我：「我看到那姓朱的來見院長，聽說送來一筆很大的——很大的『住院費』，所以院長就不讓你出院了——」

不等他說完，我搶著接上去：「我去找院長，我立刻就要出院。」

我跳向門口。

他竄在我的前面，雙手攔住我。「那你就更要倒楣！」他脹紅臉警告我。

「爲什麼？」我問。「他不給我出院，我就揭穿他們的祕密！」

「那有什麼用。」老鄧鼻子哼了一聲。「他有最好的理由，說你是瘋病突發，下令縛起你的手和腳。到那時誰來管你？誰又會相信瘋子的話！」

我愣住了。這是實在的，我處在這無法替自己說話的地方，現在我才知道那姓朱的爲什麼送我進瘋人院了。

「難道就沒有眞理存在了？」我揮舞著雙拳，像要搗毀整個世界。「這樣，我不是永遠得不到自由？永遠要住在這牢獄？」

他推我到床邊，捺著我的兩肩，要我坐下。

「年輕人，做事不要太衝動；一時任性，過後就要懊悔了。」他右手輕拍我的肩頭，慢吞吞地說。「還有比這更重要的消息，你要聽嗎？」

「要聽，當然要聽。」我說。我將全身的力量運到臀部坐在床上，木板床跟著跳動起來。

老鄧低頭在屋中踱著，像有很重的憂愁，將他的背壓得更駝了。

「但你一定要聽我的話，」他說：「冷靜，冷靜……。」

「好啦，」我不耐地催促道：「你快講吧，我會控制自己的。」

「今天，」他開始說了，左手捲著右臂的衣袖。「你後母送我三百元，同時拿來一小包毒藥，要我放進你的飯菜中——」

「哎呀！」我兩眼瞪著他，雙手捧著小腹，覺得全身每根神經都在抽搐。想到剛才我所吃的飯菜，一定已放進毒藥。藥性發作後，就要滿腹絞痛，七孔流血了。我的一切都完了，完了！我乘勢倒在床上翻滾著，捶胸頓足的哭嚷起來。

我在床上滾動時，他彎著腰，兩手撐著膝蓋愣視著我，嘴裡喃喃地喊：「這是爲什麼？你眞的發瘋了嗎？」

「你們都是狼心狗肺，」我開始咒罵了。「毒死了我，就說我是發瘋。我已認清你們的眞面目，我也不怕你們，我馬上就要死了——」

他走近床邊擒住了我。「你這傻孩子，誰毒害了你，」他生氣地說：「你應該冷靜地聽完我說的話。」

我僵直地挺在床上，說：「不是你告訴我，說將毒藥放在飯菜中了嗎？」

「胡說。」他坐在我床邊。「我雖然收下她送來的東西，但並沒有幫她做事——」

我猛從床上躍下，跪在他的膝前，雙手伏在他的大腿上。「謝謝你救了我的命，」我說：「你眞是好人，我將來一定要報答你。」

他搖搖頭，示意我站起。他臉上的皮像乾枯的紅棗皺縮起來，我不知道那是苦惱，還是憂鬱？他的眼睛，又盯在那水泥地的窟窿上了。

「那麼，」我說：「你怎麼回覆她呢？你已經收了她的錢。」

他慢慢拔起釘在地上的目光，插在我的眼內。「所以，我問你——問你有沒有錢？」

現在我明白他的用意了。他需要這筆錢，如果不幫我後母害死我，他一定要退還那三百元。假使我有錢——有更多的錢。他就絕不爲她做任何事。可是我到哪裡去找這許多錢呢？

「我的錢，」我沮喪地說：「全部給你了！」

「不，」他搖頭，摸著剛才放鈔票進去的上衣口袋。「另外沒有了？」

我失望地搖著右手，想到他知道我無錢後的態度。他原以爲我一定是有錢的，所以他將後母的計畫告訴我，想從我手裡拿到更多的錢。這樣，他既不謀害別人性命，又獲得較大的利益。此刻見我是一個窮光蛋，他一定要更改主張，下我的毒手，我的生命絕對保不住了。

知道他的主意後，我對他的同情和憐憫，霎時變成對他的鄙視和仇恨了。他不是好人，只是一個圖財謀利的流氓。

老鄧的嘴尖起，向我的右手嘟了嘟。他自己的右手中指，在我面前畫了一個大圓圈。

「你可以寫借條啊，」他說：「你出院後，就可以跟你拿錢了。」

我又在屋內躍騰了，這固然是由於他肯接受我的錢，我知道自己生命已沒有危險。同時，聽到「出院」的字眼，我又想到自己可以在林野間，呼吸那清新和自由的空氣，那太美妙了。

獨眼龍出去拿紙筆時，我覺得自己又很喜歡他了。忽然我感到年輕人的心情，是如此的易變和難於捉摸，我還是一個年輕的孩子哩。

我蹲伏在床邊寫借條，老鄧站在我身後。覺得他在我的頭頂看著我，我毫不猶豫便寫了伍百元的借據，慎重地簽了名。

站起時，我雙手將借據遞給他。他略一過目，便塞進那裝錢的口袋。

我輕噓了一口氣。覺得自己做了一筆便宜交易：一張廢紙，換回一條生命。

我得救了。

6

兩天過去了，生活顯得特別寧靜，寧靜得使我感到恐懼起來。在這期間，老鄧從不談起我的事。我問他是否退還毒藥和錢，他只是對我笑笑，要我少管閒事。

獨眼龍曾詳細的研究我後母要害死我的原因，我將以往在家中相鬧的事告訴他；他又盤問我家的田地和房產，並問我家的繼承情形，我都一一說明。

他聽後點著頭道：「如果沒有你，你的後母——或者說是那姓朱的，就可以占有你全部家產了。」

根據老鄧的說法，這瘋人院院長見到錢，什麼都願意做。我眞不知道那姓朱的究竟要怎樣算計我，爲了除去我這眼中釘，他們一定會不惜任何代價去達到他們的目的。老鄧現時雖然幫我忙，難保未來不受他們的威逼利誘。他爲什麼要幫助我呢？就爲了那一張不知是否能兌現的借條嗎？

夜深了，各房間的燈都熄了，只有兩邊走廊的燈還是明亮的。我無法在床上安睡，赤著腳在屋內來回走著。腳板在粗糙的地面摩擦著，起一種癢癢的快感。我希望自己這時能夠跑很長的路，爬最高的山，可以發洩我心頭的抑鬱和愁悶。但我現時仍囚閉在這裡，一陣憤怒猛襲著我，我要衝出這牢獄。

我全身緊貼在壁上，用頭敲擊那灰色的水泥牆。假使我的頭有足夠的力量，我會撞破牆壁，絕不吝惜自己的頭顱。但我的腦殼腫脹起來，牆壁仍是矗立著，我不得不停止這瘋狂的動作。

這時，月光從鐵絲網編織的前窗擠進來。我走近窗口，頭伸出窗外，吻著月光。我太需要新鮮空氣，我太渴慕自由了。

我終於躺在床上。但腦子裡塞滿了謀殺、自由、月光、仇恨、田野……等字眼，全身浸在憂鬱和煩悶裡。突然從這片混亂的思潮中，擠出一個決定：與其在這兒等別人來殺死，不如冒些危險逃出。我有手有腳，我的頭腦可以運用我的智慧。只要我沒有發瘋，我知道自己的智慧並不低於他人。我的信心又膨脹起來。

這房間內的一切，我完全熟悉。門、窗、牆壁都很堅固，只有天花板顯出雨水浸淫的痕跡，有幾處木板發著像是腐朽的白色。我仰睡時，眼睛正對著那裂開的一條縫。從那裡打開，就可以向屋頂發展了。

我站直在床上，兩手向上舉，還差有一尺多的距離，才靠近天花板。我用什麼辦法去接近它呢？我知道房間內的器具，像知道自己有幾隻手指一樣清楚。除了床和一張小方桌外，什麼都沒有。小方桌的腿拆卸後，可以代替鐵鎚，如將它當作接近天花板的階梯，就沒有其他器具可以運用了。

我又在屋內繞著圈子，不時停在後面的窗口，看那些在花園間飛舞的螢火蟲。夜，靜謐而深沉，忽然從遠處傳來幾聲狗吠。這淒清的景象苦惱著我，更促使我興起立刻離開這兒的念頭。

明亮的火花在腦中一閃，我已想出一個辦法，這時反奇怪以前的笨拙了。

我將方桌橫倒在地上，雙腳踏緊兩隻桌腿，兩手猛拉著另外一隻，這腿便和方桌分離了。

床上的毛毯和代替枕頭用的布包，都被我抓起堆集在那破碎的桌上，我將木床推著豎立起來，正對著我認爲最腐朽的一段天花板。我撿起那隻拆下的桌腿，慢慢地小心地扶著牆壁，爬上木床的頂端，這時蹲在上面，就可以摸到天花板了。

我用桌腿輕抵那木板，似乎有鬆軟的現象。但要使它離開原位，必須有更大的力量。我開始用桌腿敲擊，木板絲毫未動，我已感到那響聲，震得全院的人都聽到了。

突然，走廊內響起木拖鞋的「踢躂」聲，我立即停止敲擊，我告訴自己：要等到那人走過後，才能開始工作。但那木屐聲停在我的門前，接著便有那熟悉的金屬器具攪動聲。

我立刻明白，那是有人進來了。如果進來的人，看到我的舉動，不但逃走的計畫被破壞，還要縛起我的手和腳。那麼，我的一切都完了。

我必須採取緊急的措施。

從床的頂端輕輕躍下，急閃在門旁，兩手舉起木棍。只等外面的人踏進房門，我便猛擊他的腦殼。那時可以從他的屍身上跨過，逍遙地脫險了。

門被推開了一些，剛夠走進一個人的樣子。這太好了，木棍敲擊在他的頭頂，他絕無躲避的可能。那就是說，我有百分之百的成功機會。

我的神經緊張到頂點，手心滲出的冷汗，已浸淫手中的木棍。我希望能快些完成那一擊。

外面的人仍沒有走進，卻聽到門外有老鄧和別人說話的聲音。我像被別人當頭擊了一棍，幾乎暈倒在地上。我沒有想到老鄧這時會來我房間；如果他進來時被我擊斃，我怎對得起自己的良心呢。

這時，老鄧在門外打開了電燈開關，跟著就跨進屋內，我仍擎著木棍僵立著。他看到房內的混亂和我的傻態，站在我面前，用那隻獨眼緊瞅著我。他的臉色變化很快，由青而白，由白而紅，我相信他身上的血，全都溢在他的臉上了。

「放下！」他憤怒地喝道，並走近我奪去木棍。「爲什麼要胡鬧？」

我有什麼話可說呢？我像一個正在做壞事的學生，突被老師發覺，有說不出的羞澀和尷尬。忽然心頭一軟，眼淚便傾瀉出來。我的逃走動機是正確的，並且，絕沒有預備襲擊他，但他會相信我的話嗎？從他憤怒的神色當中，可以看出他對我的失望和鄙視。我感到受了很大的委屈，索性放聲大哭起來。

「不要再耍小孩子脾氣了，」他狠狠地說，將木棍摔在地上。「你這樣做，完全是害了自己。」

是的，這樣他不幫我的忙，還要縛起我的手腳。我沒有了自由，生命也難保，這不是害了自己嗎。想到這裡，我哭得更傷心了。

獨眼龍旋轉身，放平木床，又抱起破碎木桌上的毛毯等物拋在床角。他深深嘆了一口氣，用力坐在床上，然後低頭思索。

我用雙手掩面，但仍在指縫中偷覷著他的動作。我的精神被分散，哭得就不起勁，只剩下抽噎的聲音。

「來吧！」他說：「不要哭了。」

我也覺得沒有理由再哭下去，他不喊我，我也該停止了。於是，一面橫著手臂，用衣袖擦著眼淚，一面向他身旁走去。我不願看到他那兇惡的目光刺著我，低頭便要向床上倒下。

他霍地站起，攫住我的臂膀，厲聲地說：「你現在還不相信我？」

我憑什麼相信他呢？誰知道他說的是眞話，還是假話？但事實告訴我，我不能得罪他。「不是，」我說：「我只想快點出去，這裡太悶，不能再待下去了。」

一定是我的臉洩露心中的祕密，他不信地搖著頭說：「如果我不幫助你，你還會有這樣舒服。」說著他從長褲的插袋內掏出一個小紙包，用大拇指和食指捏住，在我面前晃著。「這又是你後母給我的。」

我全部注意力被吸引了。「那是做什麼用的？」我問。

「這是一種藥品，吃下後，便全身癱瘓。」

我打了一個寒噤，渾身戰慄起來。覺得這使我變成殘廢的陰謀，比叫我死去還要狠毒。

「好吧！」我冷笑著。「什麼時候給我吃呢？」

「你這傻子，」他不屑地說，「如果預備給你吃，還會告訴你嗎？」

他又坐在床上了。

我跟著他矮了下去，那是我跪在他的面前，我內心有說不出的感激和恐懼。我眞不知道，假使沒有獨眼龍的幫助，我將會變成什麼樣子。我想：除了我父親外，他將是我最敬愛的人了。

「你救了我的命，」我俯伏在他的膝蓋上，誠摯地說：「我出院後，一定會報答你的。」

他停頓不語，半晌才問：「你出院後，除了回家以外，還有地方可住嗎？」

「當然有地方住，」談到出院，我又高興起來。「我可以住在姑母家裡。」

接著我便告訴他，姑母住在日月潭，她沒有生小孩，非常喜歡我。她家裡也很富有，多添我一個人吃用，是毫無問題的。

不過，我沒有把進院後寫信給她，沒有收到回信的事告訴他。不知我是寫錯了地址，還是她家中發生什麼變故。因為我相信她見到我生病，一定會來看我的。如果我出院，就可以直接到她家中。我常去她的家，平時很少寫信，我想，一定是我記錯她的門牌號碼了。

他靜聽我的敘述，右手輕輕撫摩著我的後頸；我緊握著他的左手，好像我已將整個生命交給他了。

他拉著我的手站起。「起來吧，」他說：「現在院內人都睡了，我陪你到大門外吸一點新鮮空氣吧！」

大門外是一條寬闊的煤屑路，兩旁矗立著高大的馬尾松和黃楊。月光滲進樹隙滑在我們的身上，我從沒有感覺過月光有這樣的亮，夜景有這樣的美。

我赤腳在路上跳躍著，揮舞著兩臂，煤渣刺痛了我的腳，但我內心仍覺得異常輕鬆。我已有三個多月沒有享受過自由生活了。

跑著、跳著，我已忘記老鄧是和我走在一道了。我想起他時，才發覺他不在我的身旁，掉轉頭，見他在我後面約五十公尺處的一棵馬尾松下，低首沉思。

我走近了他：「我就這樣離開這牢獄不行嗎？」這時我看到他很憂鬱，那隻獨眼緊盯著地面他自身的影子。我想：他又想起那被殺死的太太了？

「不行，」他仍低著頭。「那樣，我就打破飯碗——你願意叫我餓死嗎？」

他幫我忙，救了我的命，我當然不願意要他為我受罪。我把這意思告訴他，他微微點著頭說：「慢慢等機會吧，你會出去的。」

我仰首望著布滿天空的星，星兒似乎在搖蕩，在跳躍，我自己是這樣的年輕與無知，獲得他的保證，我相信自己一定會出險，我的心也歡騰起來。

此後，老鄧常在深夜陪我在門外散步。有時，他也讓我一人獨自在馬路上溜達。我已贏得他的信任，他相信我不會逃跑了。

7

午睡正濃，左頰上像有一隻蒼蠅爬行，我閉著眼舉右手揮走，一會兒又爬在右頰上了，我憎厭地翻了身，繼續我的好夢。

忽然鼻孔內一陣奇癢，猛地打了一個噴嚏，我醒了。睜眼便看到一個七八歲的女孩，手裡拿著一根青的草葉，伏在我的床前。

我憤怒極了。知道是她將我鬧醒的。我咬著牙，握緊拳頭，想抓住她狠狠捶她一頓。但她已看出我的臉色，還沒伸手抓她，她已逃到門旁了。

我坐起身。「妳再胡鬧，」我嚇唬她：「就打死妳！」

「我才不怕你哩，」她笑嘻嘻地說，笑時有兩個很深的酒窩。「我曉得，你不會打人。」

「誰說我不會打人？」如果不是她逃得快，一定已挨我兩拳頭了。

「我爸爸說的。」她站在屋中，兩手扯直那草葉。「他說他們都是打人的壞人，只有你是好人，如果你打我，你也是壞人了。」

「來，告訴我，妳爸爸是誰？」

她彎起一隻腿，用左腳跳了一圈。「我才不告訴你哩！」她說：「你們都怕我爸爸。」

我仔細打量著她穿一身白底藍花的衣服，洗得很乾淨。白白胖胖的，不像窮人家的孩子。

「院長是妳的爸爸？」我想，只有院長才知道我不是瘋人；只有院長，大家才會怕他。

她尖起嘴唇，舉起鼻子，做了一個不屑的表情。好像是說：她的父親比院長要高超得多，拿院長當作她的父親，太辱沒她的父親了。

「那麼，他是誰？」我更加好奇了。

「我不告訴你。」她想了一想說：「你不打我，我就告訴你。」

我笑了起來。打這樣一個天眞有趣的小孩，才眞是瘋子哩。「剛才妳弄醒我，我很生氣，」我溫和地解釋道：「現在不生氣，就不會打妳了。」

她似乎也相信我的話了，走近了我。用右手蒙起一隻眼睛。「我爸爸只有一隻——」

「噢——」我叫了起來，原來牠是老鄧的女兒。如果不是他打開房門，她怎會進來呢？「妳爸爸呢？」我問。

「他出去了，」她說：「他要我和你一道玩，他是不許我和那些壞人在一起的。」

現在我明白了，老鄧怕那些瘋人嚇了他的女兒，所以才送她到我這裡，我應該好好照顧她。本來我很寂寞，這時有一個小孩和我在一起，她雖不懂得什麼，但總比一個人待在房裡要好得多。

以後，從老鄧的口中，更證實了我的想法是對的。小蘭（是她的名字）時常和院中瘋人在一起玩，他怕小孩受了瘋人的影響，希望我能幫他看著小孩，因爲他太忙了。

這樣，我的房門就經常開著，我可以在院中任意走動。我講童話故事給小蘭聽，教她唱歌，教她認字。她也不想離開我了。我們在一起吃飯，有些晚上玩得疲倦了，她就睡在我的床上。於是，由我抱著她送回老鄧的房間。

老鄧住的宿舍有兩小間，一間是廚房，另一間是寢室也算是會客室。我每次晚上去時，總見他盤膝坐在「榻榻米」上，用一隻高大的玻璃杯喝酒。

我感到非常奇怪，他過去不是因醉酒才受到傷害嗎？現在爲什麼又這樣拚命喝酒呢？這使我想起：聰明人只吃虧一次，唯有愚笨的人才執迷不悟；獨眼龍一定是屬於後者的了。

有時，我也勸他停止喝酒。但他赧然地說：「那有什麼辦法呢？我現在是借酒澆愁啊！」

「過去的事就讓它過去吧，」我說：「你現在應該看在小蘭分上，多多保重自己──」

「笑話，」他截斷我的話。「爲了小蘭，就忘記我的仇恨──小蘭，對啦，你會幫助我照顧小蘭嗎？」

「你盡量放心，」我答。「我會像看待自己妹妹一樣看待她的，現在她不是很喜歡和我在一起嗎？」

他點點頭道：「這樣我就安心了。」

8

一陣強烈的飛機聲掠過屋頂，驚醒我的睡夢。

這時已實行燈火管制，全院漆黑，所以我仍靜靜躺在床上。近來盟軍的飛機常來轟炸台灣，一天會有數次警報，人們都對空襲厭煩了，尤其是行動不自由的我們，更不當作一回事，所以很快的又睡熟了。

「砰」的一聲巨響，像是在我的耳畔發出，耳朵幾乎被震聾，我的身體在床上躍起有一尺多高，然後才摔下來。我知道這是炸彈落在我們的附近，可能就拋在這瘋人院中。為了自己生命的安全，我立刻採取行動。

我用毛毯裹緊全身，滾在床下貼著牆壁。這樣，炸毀的房屋和牆壁，倒塌在床上，然後再壓在我身上，就可以減輕我的傷害了，我想。

院內有嘈雜和鬧嚷的聲音，似乎還夾著呻吟聲，我更確信炸彈是拋在這院中了。我不知警報是否解除，同時，我的房門還鎖著，所以我仍蜷伏在床下，只想顧全自己。人在危急時，很少能夠關心別人的。

過了很久很久，屋中的燈忽然亮了，接著就有鑰匙插進鎖孔的響聲。

了。

我正詫異這時還會有人進來，門開了，伸進一個戴帽子的頭，那是獨眼龍，我放心

到我躺在床角。

他進門時，見床上空著，臉上肌肉似乎濃縮了一陣，但立即展開了，因他彎腰就看

「起來，」他冷冷地說，「警報解除了。」

我從床下鑽出，兩手捏著毛毯的角從肩頭披在身上。問：「我們這醫院被炸了？」

「唔，」他哼了一聲，面色陰沉。「院內炸死不少人哩！」

「謝謝天，」我嚷道：「我又闖過一道關了。」

「別太高興，」他說：「你雖沒有被炸死，但已和炸死差不多了。」

我扯下身上的毛毯甩在床上，兩手擱在他的肩頭，歪著頭問：「這是什麼意思？又有了壞消息？」

他推開了我的雙手，退坐在床沿，兩手緊抱著膝蓋，那隻獨眼釘在地面。我的目光沒有隨著看去，就知道他正在凝視那水泥破裂的一個窟窿。

我上前兩步，緊貼著他。「究竟是怎麼一回事，」我說：「快點告訴我吧。」

老鄧仍遲疑著，經我再三的催促，他才嘆口氣道：「醫院內有不少死屍，院長要我把你和被炸死的人放在一起——」

「院長？」我驚叫道：「看起來，他是那麼樣的慈善！」

「不能從外表去決定一個人的善惡。」獨眼龍說：「以往是你的後母教我做事，我可以不理她；現在，院長來命令我了——」

他沒有說下去，但我知道他話中的意思。那就是說現在必須毒死我了，他不能違背院長命令。雖然他沒有說明將怎樣殺死我，但我是非死不可了。

「好吧，」我對自己說：「人在不得不死的時候，就痛痛快快的去死吧！」這世界還有什麼值得留戀的呢？到處充滿了奸詐、卑汙、仇恨……

「請你拿一枝筆來。」我對獨眼龍說。

他的獨眼，一直沒有離開過我，這時瞪得更大了。「幹什麼？」他問。

「我要寫信給我的後母，還要寫一封信給你的院長。」

「不要，坐下。」他簡短地說，用力拍著身旁的床鋪。「我們應該想想，看有沒有什麼好辦法——」

「還有什麼辦法？」我憤怒地吼著，覺得在這院中所受的委屈和困惱，全部要傾瀉出來。「我對這世界也厭倦了，這世界沒有人愛我，沒有人關心我，我爲什麼還要活下去？」

說完，我打開門，要跨出門外。

獨眼龍起身，竄在我身旁，抓著我的雙肩。「你到哪兒去？」

「我去散步！」我說：「在你未殺死我以前，我要吸飽自由的空氣。」

「你真淘氣，」他拉回我捺坐在床上，深深嘆口氣道：「我為你的事發愁，你自己反而毫不在乎；你真願意死？」

「不死又怎麼辦？」我擺動上身，摔脫他擱在我肩上的右手，嘲弄地說：「你已想好了辦法？」

他背著雙手，在屋內來回走著，眼睛注視自己用棕繩編織的高跟木屐。「辦法想到了一個，但我的犧牲太大——」他沒有繼續說下去，睞著那隻獨眼釘住我。

我頓時恍然大悟，他又是來索報酬了。我無法知道後母是不是真的要毒害我？我沒有看到毒藥，後來說的吃了會癱瘓的藥我也沒吃過，誰曉得是真是假？他以前敲詐了我一筆錢，今天他還不是為了錢才來恐嚇我。好吧，如果能用金錢換得生命，何必要吝嗇金錢呢？

「你要多少報酬？」我冷冷地說。我覺得這是商業買賣，買賣上是沒有情感成分在內的。

「報酬？」他似乎沒有聽懂我的話，站定屋中用獨眼凝視著我。

「你真有地方可去嗎？」他低聲地說：「你馬上就可以離開這兒了——」

「真的？」我跳了起來，撲向著他，兩臂圍繞著他的腰。我第一次覺得人類是這樣的可愛。「我走了，你怎麼交代？」

他把興奮得快要發瘋的我推坐在床上，去關起門，然後再回到我身旁，說：「用另一具被炸死的屍首代替你，我就沒有責任了。」

「那不行，」我搶著說。「面貌不同，別人會認出的。還有，那病人的家屬——」

他搖擺著雙手。「這些我想到了。」他說：「那是打太極拳的瘋子，沒有人來查問。而且在轟炸的時候，瘋人會驚散，醫院本身也攪不清楚的。如果我將打拳的傢伙，砍去面龐上易於辨認的地方，誰又會知道是他而不是你呢？」

我雖爲自己馬上能夠逃命，感到幸運，但對那替我死的打拳的伙伴，覺得無限的同情與惋惜。儘管他是被炸死的，與我無關。不過，如沒有他代替我，我就無法脫身了。

「好吧！」我在床上打了一個滾，然後翻身起來嚷著：「你去拿紙和筆，我馬上就寫借條。」

他用食指豎在嘴唇上輕噓著。「安靜點，不要胡鬧，」他問：「寫借條有什麼用？」

「爲什麼沒有用，」我反駁道：「你放心好了，我姑母會全部兌現的。」

他沒有作聲，右手反插入長褲後面的口袋，掏出一張很皺的紙，我一眼便看出那是我以前所寫的借條。「我什麼都不要，」他說：「這個你也拿去吧。」

我僵立著，沒有伸手去拿。「你嫌少嗎？」我衝動地說：「我會多寫一點的。」

「不是的，」他搖頭，將那紙條塞進我的手中。「不要胡思亂想，現在已三點多鐘，再一個小時，你就可以出發了。趁大家都熟睡時，我去準備我的計畫。」

說完，他就轉身要向門外走了，但我拉著他的右臂，不安地問：「爲什麼你過去要我的錢，現在又爲什麼不要了？」

「啊！」他愣了一下。「過去我爲別人——院長他們要錢的，我可以替你活動一下，現在知道用不著了。」

我覺得一陣很深的歉疚，以往是那樣的怨恨他、猜忌他，現在眞正發覺到他比我所想像的要善良得多，很後悔自己有那樣卑汙的想法了。

「還有，」他繼續說：「我拿了你的錢，你要安心些，以爲我是看在錢的分上幫助你。不然，你就會更加搗亂了。」

他觸及我內心的隱處，我的臉發燙了。爲了掩飾自己的羞愧，急著問：「那麼，你爲什麼要幫助我？」

「幫助你？」他已掙脫了我的手，在屋中轉圈子了。「我們是人，人們是應該互相幫助、互相同情的。」他用一隻拳頭擊著另一隻手掌，走近我身旁，問：「你還記得我眼睛被刺的故事嗎？」

我用力地點頭。

「刺瞎我的眼，殺死我太太的，就是送你來這兒的那個姓朱的傢伙……」

「啊！」我幾乎被震驚得栽倒在地上，幸虧他扶住了我。

「這樣，你該明白我爲什麼幫助你了吧？」他說：「我自己受到那豺狼的傷害，不願意再看到你和我一樣——」

我的血沸騰了，切斷他的話。「你爲什麼不報仇？」

「報仇！」他冷笑了一聲。「有了機會，你會看到我報仇的。可是，現在有什麼辦法呢？要控告他沒有證據，就是有證據，打官司我也贏不了海關官員。我人老了，力氣衰了，打架也不是他的對手了。」

老鄧已走出門外，然後又回過頭來對我說：「你快點準備，我馬上就來帶你出去。」

這是一個緊張而又興奮的時刻，我沒有什麼好準備，只有後母送來的一個小包袱，我拿起就好走了，但我這時彷彿有無限的依戀。當然，我並不依戀這張破木床，或是這牢獄式的房間，我是捨不得離開這愛我、救我的老鄧，也捨不得離開我所喜歡的小蘭。

我絕不能因爲離不開他們，就留在此地，我想。等我長大以後，回到家中趕走那姓朱的，就可以接他們住在我家內。現在，我對於自己未來的希望，又抱著莫大的信心，因我出了這瘋人院，又是一個正常的人了。

老鄧推門進來時，雙手抱著一個很大的包袱，上面用毛巾毯蓋著。我驚訝地上前想去接下。

「不要，」他說：「將這盒子拿去。」

這時，我才看到包袱下面，他的左手提著一個方盒。我接過來才知道裡面裝的是餅乾。

他一直走到床旁，放下包袱，揭去被單，嚇了我一跳，原來他抱的正是小蘭。

小蘭仍熟睡著，嘴唇微微張開，兩頰透印出紅暈。大概是燈光刺射著她的眼睛，眼皮眨動著，翻了一個身，面朝牆壁仍蜷曲地酣睡著。

我正俯身注視小蘭甜睡的姿態，右肩忽然搭上一隻手。「你願意把小蘭帶到鄉下去嗎？」我回過身來，見老鄧的獨眼中正流露請求和渴望援助的神色。「在城市裡太危險，我又怕空襲嚇了她——」

他猶豫著不說下去，我想那是因爲我臉上的表情平淡，沒有絲毫反應，他怕我拒絕他的請求，所以頓住了他要講的話。

「我願意，一百個願意，」我急著表示意見了。「你這個要求，比讓我出院，還要使我高興。」

老鄧微微的笑了，這是我第一次看到他的笑。這笑中包含著驕傲、得意、領悟……等許多複雜的表情。好像是說，他知道我會願意的，因爲她是那麼聰明和討人喜歡；而她的父親又是那樣的忠直善良，她一定會獲得幫助的。

「那麼，你一定會答應我好好照顧她了，」老鄧的雙手緊壓著我的右手，像要把他內心的感激和熱忱，全從這兩手中遞給我。「她很懂事，不會給你惹麻煩的。」

「我很早就告訴過你，我會像照顧自己的妹妹一樣照顧她的。」我說。「你呢？你離開了她，不感到寂寞嗎？」

他放掉我的手，匍匐在床上，輕吻著小蘭的額角。我無法看到他的臉，我想，他可能是在流淚了，我從他的哽咽中可以聽出。他說：「我將你的這件事結束後，就離開這裡，去過一種新生活了。你把地址寫給我，我會去找你們的。」

他從灰布香港衫的口袋中，摸出一個鉛筆頭，和一張摺得四方的紙，好像他是預備好了的。

我很快的寫了地址和姑父的姓名，雖然我覺得地址有點靠不住，但到了日月潭，大家都知道我的姑父和姑母，不會找不到的。

老鄧又抱起小蘭，仍用毛巾毯蓋著她。「走吧！」他說：「準備好了嗎？」

「好了。」我答，拿起那隻小包，就預備出去。

「放下。」他命令著我，「那不要了，帶著這盒餅乾，你們在路上好吃。」

這時，我無法使用自己的理智，只能接受他的命令了。

走出房門，我才覺得逃走的危險性，如這時碰見院中的任何人，我們二人都完了。老鄧只是打破了飯碗，我呢，我的性命就難保了。

我緊抱著餅乾盒，貼著老鄧，躡手躡腳的在走廊上向大門走去。我察覺到自己的心跳聲正應和著老鄧的喘息聲，我知道他也和我一樣的緊張。

出了大門，我們又走在平時散步的大路上，但我已沒有平時那輕鬆愉快的心情，卻有一種逃難的感覺。

下弦月斜貼在藍天上，我赤腳踏著老鄧的影子跟著他。他橐橐的皮鞋聲代替了我們的沉寂，知道他這時要比我難過得多，但我找不出話來安慰他；他的仇恨和與小蘭別離的痛苦，是無法用語言消除的。

「天快亮了，」他站在一株馬尾松下，揭開被單，搖醒了小蘭。他說：「我不送你們了。」

「爸爸，」小蘭睜開眼便叫：「我們去哪裡？」

「妳和哥哥到外婆家去。」

「你不去嗎？」

「去的，」老鄧回答。「妳先去，過兩天我就去了，現在妳要聽哥哥的話——」

老鄧用手背擦著獨眼，我想他又在流淚了，對這短短的別離，他是如何的傷感啊！

他把小蘭放下，小蘭抱著他的腿偎依著他。他用左手向前一指，說：「一直走，二公里多，就有一個火車站，你們就在那裡上車吧！」

我把小蘭拉過來，牽著她的右手。「跟爸爸說：『再見』。」

「爸爸再見！」她說：「你快來啊！」

他愣視著我們，小蘭牽著我的手向前走，走了十幾步，就聽到後面的沉重腳步聲，我知道又是老鄧來了。

「該死，」老鄧邊走邊說：「我忘記將這個交給你了。你們沒有路費怎麼上車呢？」他將一個小包遞給我。

我已被興奮擊昏了頭，根本就沒有想到旅費的事，經他提起，我才覺得年輕人做事，總是欠考慮的。

「謝謝！」接過錢，我用右手緊握了他的手一下。「我以後會還你的。」我說。

到了火車站，我才發覺這布包內除了一疊厚厚的鈔票外，還有一張他和他太太二人合照的相片。

9

進入姑母的家，我才發覺自己過去所寫的地址是正確的，但爲什麼接不到他們的回信呢？

這時，天黑了，姑父和姑母都在家中，看到我和小蘭，他們都驚訝地叫了起來。

姑母忙著爲我們料理洗澡和晚飯，並急著問長問短。飯後，我將疲倦的小蘭送上床後，才將詳細的經過告訴他們。

姑母聽完，合起兩掌豎在胸前拜了兩拜，喃喃地念道：「謝天謝地，我的阿傑撿個命兒回來了……」

「你記清你的信，眞是寫的這地址嗎？」姑父捋著短短的八字鬍，不信似地問。

「不會錯的，」我堅決地說。「當我交給老鄧時，還重看了一遍哩。」

「這信不是遺失，就是被醫院沒收了。」姑父拍著桌子站了起來。「我們見了老鄧就會明白——」

「阿傑回來就算了。」姑母插話進來，「其他的閒事就不用管了。」

「怎麼能不管呢？」姑父將兩隻衣袖的邊捲了兩道，像是立刻就要和人打架的樣子。「第一，我明天就要去找他，看那姓朱的到底是怎樣的一個傢伙。第二，老鄧救了阿傑的命，我們應該報答他。我們家裡不是正缺少像這樣一個誠實可靠的長工嗎？」

「姑父，你眞好，」我跳起來抱著他大嚷。「這都是我內心想講的話，都被你說了。」

第二天，我還沒有起床，姑父就出發了。我成日陪伴著小蘭遊玩。她除了想起爸爸，追問她的爸爸什麼時候可以來，使我感到難以應付以外，其餘她表現得都很好。

姑母見到她就喜歡她了。沒有生過小孩的女人，總是喜歡別人的小孩。我相信，即使小蘭沒有這樣聰明和伶俐，姑母也會喜歡她的。

三天後的下午，姑父回來了。我們在門前的大路上，跑得很遠的去迎接他。我預計著他的行程，焦急地盼望著已有一整天了。原以爲老鄧會和他一道來，但現在他仍獨個兒走著。

他走近我便說：「老鄧死了，是被你害死的。」

他吐出的每個字，像一塊塊大石頭，擲在我的頭上，我被擊昏了。如果他不是我尊敬的姑父，我就用拳頭打塌他的鼻子了。

「你離開他的當天晚上。」姑父接著解釋道：「他去刺死那姓朱的，然後就自殺——」

如果不是姑父搶著扶住我，我就要暈倒在地上了。

我倚在姑父的臂彎內，熱淚從眼眶內迅速地湧出來。現在我完全明白了，這是他有計畫的報仇。他教我，他沒收我的信，他要小蘭親近我，他平時的憂慮和喝酒，不都是爲著實行他的報仇計畫嗎？

小蘭不被我帶走，他爲了養育小蘭，不會急著去報仇。這樣說，老鄧眞是我害死的了。我早知道這樣，會勸他改用其他的方法報仇，這原始性的仇殺，太野蠻了，爲什麼不用正當的方法去解決問題呢？

此刻，我想起他臨別時給我的相片，那是留給小蘭做永久紀念的。從此，小蘭就變成無父無母的孤兒了，我怎樣將這消息告訴她呢？

最後，姑父決定不把老鄧死的消息告訴她，他認爲她是小孩，慢慢就會忘記她的父親。

第二天，姑父陪著我和小蘭一道回家。後母親眼見到這次慘劇，她又穿起純黑色的衣服，安靜地主持家務了。

化裝舞會

于蘿華問：「皇冠要不要？」

覃英說：「要。」

「什麼顏色的？」

「金色。」

一大疊皇冠從招待的手中遞過來，她們開始試戴。大的、小的，銀色的、紫色的……光輝閃爍。于蘿華眞的很熱心地爲覃英選擇，可是于蘿華的男伴馬德超，臉上卻露出不耐煩的神色。

覃英側轉頭看向大廳，場面很大，人很多，很擠、很擾攘。這時她才感覺到鼓、小喇叭、大提琴……組成的樂隊聲勢不凡。人潮的澎湃，燈光的迷濛，肢體的急速擺動——確是一個盛大的化裝舞會。金色的皇冠戴在頭上，代表幸運。幸運降落在高貴的公主身上，她要抓住那個金龜婿。她本來不願參加的，于蘿華再三的說服她。因爲這是一個很特別的舞會，機會不能錯過。一家公司總經理的少爺，要在這舞會裡物色對象。大家的機會均等，不介紹，不提名道姓，看誰是幸運的女神？

馬德超擁著于蘿華，擠入人群。瓜子聲、談話聲、笑謔聲；腳步跟著鼓聲踢踏，煙霧繚繞在銀星、金鈴子之間。這是一個擾攘喧鬧的世界，大家在歡樂的天地裡，像已切斷所有憂懼、愁悶、煩惱。可是只有她——年輕、美麗的覃英獨嘗寂寞的苦味。她眞後悔自己聽信于蘿華的話輕易跑來了。

盼望著、盼望著，一個禿頂而又矮胖的中年人走近。鞠躬，滿臉堆笑，禮貌很周到，當然她要和他擠入舞池。很洩氣，這人外表不行，舞步更糟，勉強跳完一支曲子，便衝回蝸牛鼓般的牆角。于蘿華目光中似有歉意；但音樂一響，馬德超又拖著于蘿華，滑進了人群的漩渦。他做得太明顯了，爲了怕于蘿華被別人搶走，對同來的舞伴，也不邀請共舞一次表示友誼。

她抓起紗巾、大衣、皮包，準備離開這兒，一個年輕人站在面前阻止她。

他說：「現在走太早了，爲什麼不跳？」

「不會。」她說，把大衣披在身上。

「妳講的話不是眞的。剛才我看妳在舞池裡，舞步很熟練。」

大衣被他拿在手裡，像無法決定放在什麼地方，但最後還是放在她的椅背上。他從什麼時候開始注意她？爲什麼她一直不知道。

音樂很響，節拍很慢，舞池很滑。一根方柱子上，有面很長的鏡子，看到他是一個漂亮、英俊的青年人。他面露微笑注視著她，她也被他翩翩風度吸引，身體慢慢靠過去，靠過去。怎麼，一下子就貼緊在他的懷裡了。

突地覺得全舞池裡面的人，都用羨慕的目光看她。她從人群中找到了馬德超和于蘿華。他們也是和其他人一樣注視著她，好像比不認識她的人多一份關切——不，該說是多幾分妒意。管他哩！

一支接著一支跳下去。他說這座位進出不方便，領她到音樂台附近的空位子上。本來她要徵求于蘿華的意見；但想起剛進場時的被冷落，就決心搬到離開他們較遠的地方。

她問：「你的舞伴呢？」

「是妳啊！」

「我是問你爲什麼不帶舞伴來？」

「找不到。」

他說時嘻皮笑臉，當然不是眞話。現在不管他說的是眞是假，都不必計較，只要有人陪伴她，不受寂寞、孤獨的煎熬，就非常滿足了。

「你和主人是同學，還是朋友？」她突地記起于蘿華提過的話，想知道這漂亮的男孩，是不是大家內心嚮往的人。

「都不是。」他說：「我和主人雖然很熟，但主人卻不曉得我的姓名。」

這人說話多怪，天下哪有這個道理。看起來，他不會和她說眞話。本來這是玩的場合，用不著認眞；但他太欺侮人，完全把她當小孩子看待。這支舞跳完；以後就再不接受邀請和他一起跳了。

「那麼，他怎樣招呼你呢？」

「叫我號碼。我的號碼比我的名字響亮。」

「你的號碼是多少？」

「三號。」

有一部電影叫做「七號情報員」，難道他是「三號情報員」？據說：情報員都不會自己暴露身分；他這樣公開自己的號碼，不是劣等的情報員，就是冒名來嚇唬人。

爲了明白眞相，她接著問：「你在什麼機關服務？」

他沒有立刻回答，直瞅著她齜著牙齒微笑。在舞池裡旋轉了又旋轉，他才大聲說：

「理髮廳。」

天哪，原來他是個理髮師！爲什麼她沒有預先想到。現在她感到整個大廳在旋轉、顫簸、搖晃。如果不是這「三號」緊緊抱住她，她就要暈倒在舞池中了。

舞步穩定下來。她用胳膊輕輕撐開他，推拒著他，她和他的肢體已保持若干距離，不像剛才那樣親近。回到座位以後，就再也不想和他跳舞了。

她冷坐在一旁，看整個舞池的人們肢體顚盪，聲、光和濃郁的興奮氣味，彌漫在四周，使她感到煩悶；但「三號」請她跳舞時，她以身體不舒服，需要休息的理由推辭了。

接著她就看到「三號」和另一個女孩說笑、跳舞，玩得很開心，像是完全忘記她這個人；像是根本不知道她爲什麼要拒絕與他共舞。

現在，有一個又高又瘦的人來了。管他年紀大小，長得是不是好看；有人陪著自己說笑、跳舞就夠了。

在舞池裡，于蘿華擠近她，大聲地問：「皇冠妳不戴了？」

這時她才想起，冷坐在一旁時，曾把皇冠脫下放在桌上，現在忘記戴上。但她不想這樣說，只好扯個謊：「戴皇冠很難看，我不要了。」

「眞可惜，損失太大——」于蘿華的話沒有說完，就從她身旁滑入另一堆人群。

她覺得又好氣，又好笑，一頂紙做的皇冠，能値多少，于蘿華竟用這樣的口氣對她。難道就是爲了馬德超付的錢？

一支曲子完了，剛回到座位，「三號」就跑到她身旁，用十分慇懃和關切的語氣問：「現在好一點了吧？」謊一定要扯到底。她說：「先前好一點，跳了一支舞以後，又很不舒服。」

「哪兒難過？」

「頭痛得很厲害。」

「我看看妳的額角發燒不發燒？」

說著他就伸出右手，要摸向她的臉龐。

她忙偏開頭讓過他的手，並且豎起左掌攔住自己面孔。

怎能讓三號的手碰到她的額角？他的手摸過千千萬萬女人的臉——哦！忘記問他是替男人理髮，還是替女人燙髮？管他是替誰理髮，但她絕不讓那隻手再碰到自己的任何肌膚。

她冷峻地說：「請客氣一點，不要動手動腳。」

「三號」突地一愣。她的態度轉變，他像是非常驚訝吧；也許他永遠不會知道，他已深深地傷害了別人的自尊心。如果他不說眞話，隨便說個什麼職業，像什麼機關的科長，什麼公司的主任，或者是什麼工廠的工程師……等等，她就不會這樣難過和傷心。

爲什麼他這樣令人討厭，不肯說句欺騙別人的話呢？

「啊！對不起。」他仍嘻皮笑臉。

「我想妳不會介意的，剛才妳一直很大方。」

「剛才，可是現在——」她接著說：「現在是休息的時候。」

「那我是多麼希望妳與我共舞。妳眞是最美、最可愛的舞伴。」

如果在以前聽到這樣讚美的話，也許會很開心，但這時候聽來，就覺得非常庸俗和肉麻了。

「可惜我和你共舞的機會不多了。」她毫不留情地說。

「爲什麼？」

的確不好回答。怎麼辦呢？還是讓事實的本身去說明吧，因爲這時剛走來一個青年人，彎腰向她鞠躬，再伸出右手，做一個漂亮的邀請姿勢。她絲毫未加考慮，就突地站起身擠入舞池。

這樣他該明白了吧？她可以和任何「打游擊」的人一起跳，就是不和他這理髮師共舞。

在舞池中，覃英仍不斷用眼角的餘光，注意著那「三號」。他受到一個很明顯的刺激後，該垂頭喪氣感到難堪了吧？眞怪，沒有。他又笑嘻嘻地，坐在另一個女孩身旁獻慇懃。看樣子，他也不受歡迎，那女孩看都不看他，面孔冷冷地，眼睛直瞪住扭舞的人群，像根本不知道有他這個人在身旁。男人這樣厚著臉皮伺候女孩子，那還有什麼意思。

哦，想起來了。在她明白「三號」身分之後，那女孩和「三號」曾親暱地共舞。現在態度轉變，大概也了解他是理髮師了。女孩子都很現實，不會睜著眼吃虧的。

閒事少管，還是關心正經事吧。身邊的舞會，問她的姓，她告訴了他，接著便知道他姓鍾。她和三號親暱了半天，才發覺他的身分。這次不能再上當了。

她問：「鍾先生在什麼地方服務？」

「在公司裡。」

她想，這對了。她們說，那有錢的年輕人，是一家公司總經理的少爺。「擔任什麼工作？」

「只是混飯吃，談不上工作。」

有錢人在這場合，都很謙虛，不會說眞話。她問：「你和這舞會的主人很熟嗎？」

「很熟，成天在一起，我就是幫他工作。」

「你是他私人祕書？」

「不。」他猶豫了一下，再搖搖頭。「比私人祕書還要親近。」

現在不用懷疑了。比祕書還親近的工作是什麼；那一定是他自己。想不到大家想獲得的金龜婿就在她身邊。她能輕輕放過這機會？

爲了對他表示好感。她的軀體慢慢貼近了他。偎倚在他懷中，她覺得整個大廳在爲她旋轉。不，整個大地都在她腳底下抖動。她已是整個宇宙的主宰，未來的榮華富貴已圍繞在她四周，她彷彿聽到轟動的采聲。幸運之神已降臨人間，她感到無限的幸福和滿足。

回到座位上。「三號」馬上跟過來。他說：「下支舞，一定要請妳跳了。」

「不行，」她急忙說：「我已答應剛才的舞伴了。」

他噘著嘴，顯出不高興的樣子說：「妳眞是厚彼薄此！」

她板著面孔，冷冰冰而意味深長地說：「那是沒有辦法的事啊！」

三號停頓片刻：「現在我不想再跳了，只在等候送妳回家。」

覃英猛吃一驚。因爲她已忘記曾答應讓三號送自己回家的話了。那時希望他送她，現在情勢改變，不能讓三號知道自己的住址和門牌號碼。

「不，不要了。」她結巴地說：「我會有人伴送，你還是早點回去吧。」

三號已看出她的態度冷落，沒有堅持要送她；但也沒有離開大廳。所以當她與鍾先生共舞便問：「舞會散場時，你可以送我回去嗎？」

這要求太突兀，通常都是男士提出的；她看出他的猶豫。「可以，可以，我感到很榮幸。」他笑著說：「不過——我要提前離開這兒，妳也能夠早點走嗎？」

「那太好了，」她很熱情地說：「我也不喜歡玩得太晚，如果你願意犧牲，這支舞跳完以後，就可以回去。」

她收拾好物件準備離開時，三號對她點頭，又發出神祕式的微笑。覃英沒有理他。現在她已找到想找的人，何必關心別人對她怎樣看法。

離開座位走了幾步，才想起沒有跟于蘿華打過招呼。這樣不辭而別，太缺乏禮貌了。尤其認識有錢的闊少爺之後，更會引起別人的誤會。

她走過去，對于蘿華說：「我要先走一步。」

「有沒有人送妳？」

「有。」覃英對站在那走道上的鍾先生努努嘴。「他等在那兒。」

于蘿華和馬德超，互相交換迅速的一瞥。馬德超說：「先前那個人爲什麼不送妳？」

「你是指那個『三號』？」她目光斜射向三號，他仍對著她傻笑。她生氣地說：「『三號』爭著要送我，我才不稀罕他送哩！」

「妳這大傻瓜啊！」于蘿華拍響大腿叫：「妳做了多大傻事！妳知道『三號』是

誰？」

「是理髮師嘛！」

「我知道妳上當了。」于蘿華說：「他就是我和你說的『金龜婿』啊；今晚上當的女孩子可多了！」

「別騙人，我才不信哩。」覃英說。「站在那兒等我的才是眞的。」

馬德超連忙接著說：「那是他的汽車司機小鍾！」

覃英感到暈眩，肢體戰慄：但還不大相信。她說：「你們認識，爲什麼不早點告訴我？你們是開我的玩笑——」

「不，不對。」馬德超說：「我也剛知道不久，是碰到老同學告訴我的。妳不要難過，我們還有機會。」

她竭力忍住不使眼淚迸出。她覺得整個大廳裡的人，都在輕視她，尤其是「三號」的目光中，更有無限的嘲弄和鄙視。她已完全失敗，再無法做人。現在才明白于蘿華問她不戴皇冠的意思是什麼了。

踅轉身軀，便向門口衝去。她沒有聽清于蘿華、馬德超、小鍾叫喊些什麼；耳朵裡卻塞滿了鼓聲、小喇叭聲、男女嘻笑喧鬧聲。跨出門口，跳上一部計程車，駛離這熱鬧的場地，才領會到擊敗自己的是什麼。可是覺悟已嫌太遲了。

飄走的瓣式球

紅燈跳躍，人車匱集似水波皺摺。四線快車道上各式車輛喘急奔馳。

黃太太佇立十字路口，手攙五歲的男孩世光，身背十個月的二兒子世強，等待通行。燈光再閃爍，橫在面前的動脈被切斷，人潮、車隊擁擠過去。她尾隨在嘈雜而混亂的陣容後，吃力地蠕行。

跨過粗重的白線，身後隨即有汽車撞擊氣流的嘶嘶聲。

世光問：「公公家快到了嗎？」

媽媽愣在馬路邊躊躇。不知道自己該回家，還是去見公公。丈夫諒已等得不耐煩，她說是一早就帶錢、帶吃的東西回家，怎麼也想不到她仍在路上徬徨。像這樣走法，什麼時候才能見到公公。

「快到了。」媽媽說：「見到公公要乖，要問好。好好走嘛，不要亂跑。」

世光沒有聽媽媽的話，已掙開掌握跑在媽媽前面，眼睛釘住浮在半空的氣球。

賣氣球的是一個中年人，臂上和肩上纏滿了紅紅綠綠的氣球，被風吹得在四周晃蕩。

世光跑回抱住媽媽大腿。「我要氣球，一隻花的，好看的。」

黃太太從小皮包裡摸出硬角子，買一隻紅藍相間的瓣式球給世光；但馱在背上的世強，伸手嘶喊著要搶。世光跳躍著離開了媽媽，世強大聲哭號。

媽媽又買一隻紅色球給小兒子。

拖拖拉拉向前走，球玩得很開心。哥哥把球拴在肩上；弟弟抓住球身細線抖動。才走半條街，紅球滑向半空，被風吹得搖搖晃晃，再不願回到人們手中。大家眼看紅球遠颺後，弟兄兩個便爭搶瓣式球。

哥哥兩手空空，傍著母親橫跨大步。「我要公公買一個大球，好不好？」

哭鬧，爭吵不休。媽媽軟勸硬逼，哥哥不得不把球讓給弟弟。

「好。」

「不買給弟弟，好不好？」

「對了，弟弟不乖，不買給他。」

哥哥覺得很滿足，走了幾步仰頭問：「弟弟賣掉了，就不回來，好不好？」

是孩子心理。媽媽心酸，沒有答腔。強占一隻氣球，哥哥就希望弟弟賣掉不要回來。如果眞的離開家，哥哥不覺得難過？

弟弟送給李太太撫養，難過的是媽媽。李太太結婚十年，連蛋都沒生一個；見了世強就喜歡。她和黃家沾點親戚關係，經濟情況不錯。世強未來的教養問題，固不必擔心；他們目前的艱困，也可獲得部分解決。李太太答應送他們八千元還債。

啊！就是世光說的：賣掉弟弟。爲了生活，就想賣掉孩子，是多麼可怕，多麼痛苦。

世強第一天去李家，下著濛濛細雨。孩子不知道自己命運，高興得大嚷大叫。李太太買了兩種玩具，一隻乳白色的貓，一隻棕黃色的狗。她還陪著李太太上街買嬰兒吃的奶粉、奶瓶，以及一切必需的用品。並且把世強的一切習慣交代清楚，然後像切下一片肝、割斷一截腸似地快快離開。

到家覺得又累又傷心，倒頭便睡，但睡不熟。迷迷糊糊的，有人來敲門了。

李太太坐計程車送世強回家。生人，生環境，不習慣。吃慣母奶改用奶瓶，不吃又不睡，大吵大鬧，送回，先吃一個禮拜牛奶，再接回去。

聽完不知是喜是愁，但世強回到懷中，便安靜地和媽媽酣睡到天明。

世強去了又回。丈夫黃平態度冷落，看不出喜怒哀樂。很顯然的，世光不願意弟弟回來，分他吃的玩的東西。有了年幼的弟弟，哥哥的一份減少了，甚至被剝奪了，就像目前的氣球一樣。

媽媽問：「你要氣球，還是要弟弟？」

「我要氣球。」

「有氣球，沒有弟弟，公公就不買小火車給你。」她曾答應世光，要公公買小火車的。世光咬著手指，邊走邊哼，似在想怎樣回答。一會兒問：「公公喜歡我嗎？」

「喜歡。」

「喜歡弟弟嗎？」

媽媽的心飛得很遠。假使世強眞的送給李太太，公公會怎樣說，怎樣想。世強被送回，在家中吃牛奶十天，已把母奶斷掉，又送往李太太家。不送怎麼行。丈夫失業一年多，家中能變賣的、送當鋪的東西，都賣掉當光。乾飯吃不成，改喝稀飯，現在連稀飯都沒得喝；欠了五個月的房租，房東要拿著木棍，趕他們出門。世強到李家安定下來，才能接受金錢；不然，送回來又拿什麼還人家。不，孩子不肯在李家住下，就無法寫契約，也不能伸手要錢。

橫著心腸忍著痛苦敲開李家大門。

李太太說：「我沒有經驗，不會照顧孩子，所以孩子會哭鬧。第一夜妳留下陪我吧。」

「第一夜陪妳，第二夜呢？第三、第四夜……呢？」

「妳在旁邊指導我，不要出面，我就膽壯了。」

她實在不放心，把世強留在李家，經李太太這麼一說，當然不願離開。

在李太太房間的角落裡，架一張小床。世強大哭時，她用棉被蒙頭，裝做聽不到。但他的吼聲，像扁鑽，鑽進她的骨髓；像利刃，猛然地砍削她的肌肉和心肺。

幾次她想縱下床，跳向李太太床前，搶過世強抱在懷內。但李太太搖手示意，她又想起明天的房東怎麼打發，明天後天的生活如何過法。又咬緊牙齒鑽進棉被，忍受片片凌遲。

哭鬧了一夜，世強聲嘶力竭，疲倦地睡去，媽媽才閉雙目矇矇矓矓，似睡非睡，似醒非醒如在雲霧中。

一會兒，見一個白髮、白眉的老頭（白得很奇怪，有一片銀光閃爍），面上露著怒容，大聲對她叱責：

「我給妳一張漂亮的椅子，妳怎能弄斷一條腿！」

椅子確實漂亮，桃花心木的骨架，鏤刻有空心花紋，釉漆得光滑晶瑩。一條腿折斷了，露出紋理參差豎立。椅子斜躺於磨石地面，像個朝氣蓬勃的青年人，斷了一隻腿癱瘓在街頭。

她也感到惋惜、歉疚，連連陪小心。「我不是有意的，我不想攪壞，也不要折斷。」但她想不起何時何地，怎麼會折斷椅腿。

老人眼睛瞪圓，眼珠又大又亮，額上及脖頸青筋暴起。她突地發現：老人短髭烏油油的發光，和銀白的眉、髮對照，顯得黑白分明。啊！她從沒見過這奇怪的樣子，更不認識老頭；他怎能用兇惡的態度對付她？

還沒來得及考慮怎樣逃避，老人已掄起斗大拳頭，擊向她腦門。

哎呀！呼救聲還未出口，兩腿猛向前縱，已隊入水泥橋下滾滾流水中。

滲出一身冷汗，從夢中驚醒坐起，見李太太床前五燭光小燈泡，紅光一伸一縮。世強蜷曲在李太太懷內，有如縮在繭裡的蠶蛹。

她斜躺在床頭等待天明，並想好理由對付李太太。

天亮了，第一句話便說：「孩子今天不能留在這兒，我要帶回家。」

李太太驚訝得大叫。在心理上和事實上她都準備收養世強，經她這麼一說，便認爲出乎意料之外。

「我要回去問公公。」黃太太委婉解釋。「我們夫妻兩個想把世強送給你們，沒有經過公公同意。他以後怪我們，我們擔當不起。」

她只說了一半，另一半不能告訴李太太。如果公公要這小孫子，每月就得津貼他們的生活費，還要先拿出一部分錢，讓他們還債。不然，還要把世強送給別人，賣給別人。

這話該由兒子去對公公說，她只是黃家的媳婦，到底隔了一層。所以出了李家大門，就一直猶豫徬徨。馬上到達公公家門前了，她還想撤轉身軀回家。

媽媽說：「公公很喜歡弟弟。如果見不到弟弟，就不買好玩的東西給你。」

「我知道爸爸不喜歡弟弟。」

「誰告訴你的？」媽媽感到詫異。

「我猜到的。」哥哥右腿彎起，用左腿跳著走路。表示自己的矯情和得意。「媽媽也不喜歡弟弟。」

「胡說！」

「爸爸喜歡弟弟，還讓媽媽賣弟弟？」

媽媽不想再說下去。這孩子年齡雖小，懂事不少。他怎領會到父母心靈痛苦。丈夫失業太久，所有的志氣磨光。她沒有埋怨半句，態度上也儘可能做到溫和體貼；他仍低聲下氣，用萬分歉疚的目光對她。她鼓勵、安慰，希望能提高他的自信自尊，覓得適合他才能的職業。他是個店員出身，會寫、會算、會做生意，是一個好的經理人才。現在只是暫時被埋沒，以後會出頭的。

東奔西跑，找儘可能有希望的地方；丈夫仍埋沒在家中。那麼，只有她出去工作來維持家庭生活。

鄰人朱太太介紹她的親戚葛先生，新近死了太太，需要一個做家事、帶孩子的保母。名義不錯，當然要去。

朱太太陪她去葛家時，對葛先生撒了一個謊，說她只有一個世光，已斷了奶，一切都合適，馬上要她上班。

葛先生年紀四十歲左右，有六歲、四歲、兩歲的三個孩子。生第四個孩子時，太太因難產去世。

朱太太說：「不要猶豫，趕快上班。到了葛家，還不是和葛太太一樣，說不定將來就是葛太太哩！」

聽了這樣的話，當時就該生氣的。沒有，認爲那是笑話，不必當眞。葛先生在外面做貿易行的生意，她想要藉這機會讓丈夫進貿易行去工作。事實上葛家的事已夠多、夠忙。葛先生答應世光帶在她身邊，和葛家孩子在一起吃住；如果有了世強礙手礙腳，還能做那麼多事。剛懷世強的時候，丈夫便不主張生育。生下他，一直沒報戶口，現在既然有這樣障礙，只好送給別人撫養。葛先生說：「妳又年輕，又漂亮。我們家裡正需要像妳這樣的人。」

做家事、帶孩子，需要年輕漂亮？只有做家庭主婦才要這樣的條件——不該往那方面想，這太對不起自己的丈夫。這好像是心中祕密的願望，求一個舒服的環境，好好地生活，不愁柴米油鹽，有吃的，有住的，有玩的。進到葛家，抓住葛先生，就把丈夫黃平一腳踢開。朱太太已看透她的心思？丈夫也了解她的想法？

愈是阻止自己往壞的方面想，但那種念頭越縈繞在自己腦海及心底深處。就連在李太太家裡，世強深夜啼哭時，也禁不住自己的慾望和理念掙扎。如果不是那個夢，她眞的會把世強留在李家。

不。她不能爲了那無法確定的前途，就把丈夫和孩子拋掉。如她住在一個單身男人的家裡，管家帶孩子，天知道會發生什麼事。即或任何事沒有發生，不引起別人的閒言閒語？丈夫能百分之百的信任她？

「世光，站住。」媽媽大聲喊住走在前面的兒子。「我們走錯了。」

兒子回頭懷疑地問：「媽媽不是說一直向前走嗎？」

「一直走，要坐公共汽車回家。」媽媽指身後那條橫路。「向那兒去，才能見到公公。」

世光又蹦蹦跳跳，按照媽媽指的方向走。她仍跟在世光身後。她實在不願去公公那兒。想回家徵求丈夫意見。她要問黃平：世強是黃家的子孫，如果公公責怪怎麼辦？

丈夫一定會大嚷：誰管他。他兒子都不顧，還想顧孫子！

那麼就按照我們的計畫，把孩子賣給李太太？

去，去，不要考慮了。把世強送去，錢拿回來。

這樣把責任全部推給丈夫，然後再一步一個坑走向葛家，誰又能怪她、埋怨她、責備她。

結婚已六年，她了解丈夫的性格，能猜中他要說的話。丈夫和公公的情感裂痕，已到無法彌補的地步。自從他們搬出公公家以後，一直不來往，過年過節也不上公公的門。有好多次，因爲無米下鍋，她想去公公家拿點米和麵回來，丈夫堅持不准。公公開飯店，生意不錯，不會在乎那麼一點兒東西。但丈夫氣要賭到底，絕不向父親低頭。

實際上父子兩個只爲了一點點意見不同，而鬧得如此決裂，她想起便感到遺憾和不幸。公公開的飯店，牌子老，顧客多；但仍用古老的方法經營，不講究門面裝潢，也不注重食物和環境衛生。蒼蠅到處飛，侍者的服裝油膩骯髒，而附近地帶已新建了一家飯店，玻璃門，冷氣設備；不但侍者的制服潔白，連廚房大師傅也穿得乾乾淨淨，頭戴「鮮大王」式的高帽子。較闊綽的老主顧，一個個的向新飯店跑。兒子便向爸爸建議改造樓梯，裝紗門，四周的水溝用水泥砌好。僱用小姐端盤子，定做漂亮的制服……

兒子的計畫還沒說完，爸爸便瞪起雙眼大喝：「爸爸還沒死，你就想篡位！」

「爲了要飯店生存，用老辦法做生意，趕不上時代了。」

「我做了三十年，靠貨眞價實，才有今天。你要我做假，欺騙顧客？」

「不是做假，我們是加倍爲顧客服務。要他們到這裡來感到舒服、乾淨，更願意來我們這兒吃飯。」

父子倆一句句爭執起來。兩人的觀點不一樣，都認爲自己有最充分的理由。爸爸說由小麵攤，擴充到一個大飯店，就是用的那套方法，現在怎麼能改變。兒子根據營業狀況和社會進步的事實，要改變經營方法。

兩人的聲音愈吵愈大。最初還是講事理，後來雙方便鬧意氣。

爸爸說：「如果你看不慣，就不必看，去你想看的地方。」

兒子也不肯低頭服輸。「好吧，我走，明兒就走，我們一起走。」

爸爸沒有留他。他們就這樣搬出來了。她丈夫十多歲的時候，就曾因爲爸爸打他，管教太嚴，獨自離開家到外面闖天下。先擦皮鞋，再當門僮，到雜貨店做學徒，然後又轉到百貨店當店員，升門市部主任；結了婚才回家，想不到爲這樣的事和父親鬧翻。父子鬥氣，她這個做媳婦、做妻子的，竟受不少苦難。現在瞞著黃平，向公公要世強的生活費，公公會答應？丈夫知道了，會原諒她的行爲，體念她這種不願拋棄兒子的心情？

是的，她仍應考慮考慮。兒子得罪了爸爸，該兒子向爸爸低頭；她這個做媳婦的，又算哪一門呢？

「世光！世光！」她大聲吆喝，兒子跑得太快，她跨大步伐也追不上了。

可是世光沒理她，卻在邊跳邊叫：「公公！公公！」

公公正站在人行道上，和一個光頭男人談話。世光已跳在公公身旁，臉貼住公公的大肚皮。一年多不見，世光還認識公公。

公公撫摸著世光頭頂，彎腰問：「媽媽呢？」

世光指著說：「啊！不是來了。」

公公抬頭看到她，她也仔細地看公公。公公仍是白白胖胖的福相，面色更紅，肚皮挺得更大。而最使她驚訝的，是「銀龍」飯店的門面改變了。三層高的樓房，聳立路旁，比附近任何店鋪都要堂皇。在門樓的紅柱子上還漆了八個大字：「包辦筵席，冷氣開放。」

「妳先帶孩子進去，吃點什麼。」公公把手一揮。「回頭我們再談。」

媳婦囁嚅著說：「我……我是爲……爲世強來的。」世強出世後，公公還沒有見過面。

「好，妳把世強帶回來很好。」公公和客人握一握手。客人走開，他走到媳婦身旁，摸世強的面頰。「我們姓黃的有一家飯店，當然不能把孩子送給人家養。就是沒有飯店，僅有一個小麵攤，也不能打孩子主意。」

黃太太感到很開心。她預料難於啓口的話，想不到公公先說了。

她詫異地問：「公公怎麼知道的？」

公公笑出聲。「今兒早上，世強的爸爸來過。他來得正好。我房子改造過，本想找他來看看，他就來了。閒話少講，妳先到二樓看看妳的房間，明天就搬回來吧。」

她快樂得說不出話來。推開飯店玻璃門，才想起應該說句「謝謝」之類的話。但踏進門，說客套話已嫌太遲。

這時世強在肩上，直著嗓了大叫。她掉轉頭，才發現他手中的瓣式球，又搖搖晃晃飄向高空。

大兒子拍手高呼，表現得很興奮；而二兒子卻哇地大哭。

媽媽抖著身體，輕拍他的臀部哄道：「別哭。世強乖！要公公再買個大球給你，做見面禮吧！」

最後的晚餐

秋風冷冷地吹著，天上的烏雲也快要跌落在人們的頭上，像是要下雨的樣子；但這並沒有減少遊人們的興趣。因爲這正是一個假日間華燈初上的時候，人們都有各自的理由，去適意的安排著自己。

秀雯夾在聚合無常的人流中向前走著，由於內心的猶豫和遲疑，步履沉重而又艱澀。她彷彿是一個無所事事的流浪漢在瀏覽街景，遠不像一個赴約的人那樣匆忙和緊張。

在一個飯店前面，她腳步自動地慢了下來，她看了看店面的陳設，再仰頭看了金碧輝煌的招牌。「一品居」，她心底裡念著。

她內心的矛盾，雖曾使她踟躕在門外半晌；但當她踏進店門時，心湖裡卻漾起一陣說不出的傲意。

她排除了侍者的招呼，獨自站在屋中巡視全場。當她目光停留在屋中一個角落時，就矜持地向著那方向走去。

「來了。」桌上面向門外的士豪，正焦躁不安地探視著；見她進來隨即站起點著頭。彷彿他是在安慰著自己，也好像在告訴他對面的太太芬芬；更像是跟秀雯打招呼。總之，這是在非常尷尬地說。

芬芬也跟著站了起來。因爲她手中正抱著小珍，動作要遲緩些。所以當她轉過身來，秀雯已走到她的身旁。

「要你們等久了。」秀雯感到一點歉意。太遲了，她走進飯店時是八點正，已超過約定的時間一小時了。

士豪明知這話不是向著他說的，但見芬芬沒有理會，連忙搶著說：「不要緊。」

芬芬拖過挨在她身旁的小傑，「喊阿姨啊！」

小傑已七歲了，他是頂喜歡阿姨的。因爲她能講他最愛聽的，像〈三件寶貝〉、〈強盜大王〉那些神奇和勇敢的故事。但今天他抬頭看見爸爸媽媽的臉色都很嚴肅，阿姨也不像往常講故事那樣歡喜和高興，所以他也就靦腆地叫了一聲「阿姨」。

秀雯用手拍一拍他的腦袋，笑著點點頭。她也是非常喜歡他的。

大家就座了，他們原來的位置沒有變動；只是秀雯坐在他們預先留定的空座上。

士豪本是會喝酒的，但他知道酒會改變一個人的脾氣，同時還要誤事，尤其在這大家情緒都不好的場合，所以他們馬上就吃飯。

飯店裡這時很熱鬧，杯盤的撞擊聲和食客的談笑聲，正擾攘成一片。但唯有這個角落裡卻默默地沒有聲音，他們像是在看熱鬧和來聽說笑似的；就連最多話的小傑，也彷彿被這沉默束縛住了不再多說，只是低著頭在扒飯。

這時的秀雯，眞後悔自己來這裡了。她明知這最後的一餐飯，是不會吃得太愉快的。儘管平時她和他們在一起談天、讀書、遊玩的時間很多；但她總認爲今天來這裡赴約，實是一件最愚蠢的事。所以她曾在家裡猶豫了很久，就連進入飯店大門時，她還想縮頭回去。可是爲了她自己、爲了士豪，她終於來了。

她深深覺得芬芬所提出的條件太苛刻了，她彷彿就等於受了一場酷刑。因爲芬芬和士豪離婚，一切條件都已談妥，唯一的要求，就是最後讓芬芬和她談一次話，然後才雙方簽字；所以士豪才約她來這裡吃飯。當然，這是由於他們離異後，她將和士豪結婚的關係。

「我知道妳喜歡，」芬芬將侍者剛送來的一盤鯉魚頭燒豆腐，推在秀雯面前，平靜地說：「所以特地點了這道菜。」

秀雯這時眞奇怪芬芬能控制情感了。她的面龐似乎清瘦些，因爲本來較高的顴骨看來更高了。額角的皺紋也好像比往日要多些深些。她雖仍如平常一樣的清秀和俏麗，但精神和神氣是顯出十分衰頹的樣子。不過她面部沒有絲毫悲苦的表情，也沒有說過一句哀怨和譏刺的話。彷彿是樂於接受這命運播弄似的。她仍和平素接待秀雯時一樣的自然，就像沒有發生過什麼不愉快的事，也像不知道她們夫妻情感的破裂是由於秀雯插身其間的一樣。

「謝謝！」秀雯訥訥地說，同時感到一陣歉意。

「妳還記得我們吃魚爭吵的事嗎？」芬芬微笑著說。

秀雯的脾氣就是這樣怪，鮮活的鯉魚上市時，人們都喜歡吃肥美的魚肉，而她卻相反地要吃沒有肉的魚頭。她們就是因為這問題在飯店裡辯論，當雙方面紅耳赤互不相讓時，士豪加入芬芬一方的討論才說贏了她。

士豪那時是和她們同學，他幫芬芬講話並不是對芬芬的情感特別好，而是他只幫贏不幫輸的天性，然而這卻使芬芬在與秀雯的爭執裡，得著第一次的勝利；所以芬芬的腦海裡永遠抹不去這鮮明的回憶。

她們兩個雖是姨姊妹，自幼卻是在一起生活、一起讀書長大的。秀雯比芬芬要小一歲，但任何爭執裡，總是秀雯獲勝；玩具也是由她先玩，玩膩了才會輪到芬芬的手裡。這固然由於婆母特別喜歡她，但她的聰明和機智實比芬芬要高強些。

「記得的。」她頓覺高興起來。因爲她記起這次吃魚雖是她輸了理；而她卻使士豪對她的情感，一日日地好了起來；雖然時代的變亂，使她們同時遠離了他。當她八年後再度和他相逢時，他已和芬芬結了婚；但使她想不到的，就是現時的他復燃燒起往日的情感。儘管他們的婚後生活是那麼平靜；儘管芬芬已生了小傑和小珍，而他又是那樣的愛著他們。可是，他竟向芬芬提出了離異，她能不感到得意嗎？

「不可能的，那是不可能的；」她常常這樣警告著自己說。因爲她在未遇士豪之前，已和志邁結了婚。但今晚的事實告訴她，這已成爲可能的了。

「人生的目的，除了理想的追求以外；」士豪向著芬芬冷冷地說道：「我不知道還有其他更重要的東西。」

秀雯被這突然高起的聲音驚醒了，她不知道他們的議論，是在她的思索之中講起的；還是連著在她未來以前的話題。不過，她知道他指的是什麼，雖然她極不願意他們在此時此地爭論；但她仍靜靜地細心聽著。

「我說，」芬芬停頓了一下認眞地說：「我說還應該有眞理的鑽研和道德的實踐……」

「好啦！」士豪看了秀雯一眼，見她正蹙著額表現著不耐的神情；便馬上截住她的話頭。「我們現在不應該討論這虛無的人生哲學。」

「這不是哲學上的問題，而是倫理學方面的做人的道理。」芬芬隨即否認著道。

「我們必須要認清，達爾文的快樂至善論，仍屬一偏之見。」

芬芬是教書的，她說話仍像在課堂裡教書一樣的條理分明。這時她的神情雖然有點激動，但仍心平氣和地辯論著。她本來不願再和他討論這些問題了，因爲她認爲他們之間的情感已成灰燼，他們之間愛的蓓蕾，已枯萎得摧毀無遺了。她已用盡所能用的一切方法，都沒有能夠改變他的決心和意志；若是再繼續生活下去，只有增加他們相互間的惡感，所以在她以爲命運無可挽回的時候，就默默地接受了離異的條件。但現時他又搔起了她的隱痛，便滔滔不絕地說出口來。

「但是——」秀雯是贊成士豪的說法的，她認爲人生的目的，是爲快樂；最大的快樂，就是幸福。她馬上就要提出理由來反駁；但隨即想起，她在今天不能捲入他們的爭論漩渦，於是掉轉了話鋒，裝做溫和的口氣：「妳的正確見解是什麼呢？」

「我只是反對功利說，對這並沒有什麼特殊見解。」芬芬想了一想說道：「不過，我認爲利己利人不相容的情感，雖可以藉人類在生存中自然進化去求得解決；但幸福和快樂，絕不是最高的道德標準。」

小珍的哭聲，打斷了他們的談話。實在說來，秀雯和士豪也想不出什麼好的理由來反對。芬芬將奶嘴塞進小珍的嘴裡，但並未使她的哭聲停止。

士豪從座中站起走近芬芬的身旁，彎身摸著小珍的腦袋焦急地說：「是不是病了？」

「沒有。」芬芬冷冷地應著。她的口氣彷彿在告訴他，不用他多管似的。因為他們分開後，唯有小珍是屬於她的。

士豪低頭看了看腕錶。「這孩子被寵壞了，」他從芬芬手中硬接過小珍，吻著她的面頰說，「她現在又要我陪她玩了。」他並沒有體會到芬芬的冷落。

每天這段時間，是士豪下班的空隙，他總是陪著小珍在玩，因此也養成了孩子的習慣性。所以每晚到了這時候，小珍就會自然地不安起來。

士豪抱著小珍由屋角來回徘徊，轉至走廊外面去了。他一面踱蹀著，一面抖動著臂膀，使她像睡在搖籃裡一樣的舒服。因為他急於要哄她睡熟，好談論他們自己正式的事。

桌上除小傑外，只剩她和芬芬默默地坐著了。她眞感到有點窘；她不知道自己是不是應該找出話來，打破這冷寂的場面；同時她又擔心芬芬會說出使她難堪的語句。她這時覺得手心在流汗。

「秀雯，」芬芬放下筷子正經地說：「我們是好姊妹嗎？」

「是，是。」她不知道芬芬說話的用意何在，只是茫然地說。

「我希望是的，」芬芬歇斯底里地說，「我們仍應該永遠像童年一般的相愛。」

她默默地點著頭，愧疚像子彈一樣地穿過她的胸膛，心尖在微微戰慄著。她想起這話應是她向芬芬說的，現在芬芬先說了。

「是我過去錯了，」芬芬壓低了聲音說道：「士豪跟我結婚，那是由於我說了妳已另愛他人的謊。」

「他會相信嗎？」

「他本來是不相信的，但我編了妳許多故事；」她悔恨地繼續說著：「現在我已知道了，眞實的愛情，是不受時間限制的；既成事實並不能阻止愛情的復活。」

秀雯這才恍然大悟，知道士豪是受了騙。難怪現時的離異，芬芬是那樣的平靜和聽天由命式地接受逆運的降臨了。她最初對芬芬這樣的行爲感到異常憤懣，但再想起芬芬卻因此而遭受著顚躓和困阨，也就比較心平氣和了。

「沒有經過錯誤，就不會發現眞理。」芬芬感慨地說道。「人生的目的，固然是幸福和快樂；但絕不能以幸福和快樂，爲追求的直接手段！」

本來秀雯是預備接受芬芬一頓埋怨與搶白，或者想到要聽一些諷刺和訴冤的話語。所以她也預先準備了一套刻薄的詞令來應付。但出乎意外的，芬芬卻告訴她心中隱藏的祕密。芬芬不但不怪她的不顧情義，反而自責地懺悔以往的錯誤。這樣使她心理上一時無法轉變，而原有的對芬芬的友愛與現時的自私的兩種極不相同的情感，正揉合滲透在她的血液裡沸騰。所以她實在想不出用什麼態度和言語去安慰芬芬。

她默默地衡量芬芬所說的每一句話，她深深地體會到她現實所處的地位和行爲是如何的重要了。芬芬將因她而失去士豪、將因她而失去家庭的溫暖；她將使小傑和小珍受到骨肉分離的悲苦，她將使芬芬受到人海的波浪和狂瀾淹沒。她想起一向被自己同情的善良的芬芬，竟因她而失去人生的幸福和快樂時，不禁打了一個寒噤。

道德觀念在她腦中混淆不清。爲了她本身的利益，她本不願顧及他人；可是當她想起這樣做法，是否會帶來幸福時，就感覺到視界模糊了。

她承認在十年前，士豪和她是十二萬分的相愛。早十年的歲月，已使士豪跨進了中年，她自己對士豪的愛也沒有那麼熱烈了。雖然士豪對她，她現在仍看不出和往日有什麼不同；可是他此刻不正熱愛著他們的孩子嗎？難保他今後不會爲著離開了孩子而改變他的愛心呢？

秀雯又記起海外的志邁的來信了：「……在北國的深秋，圍繞著我的是寒冷和寂寞，唯有妳來才能使我身心溫暖……」她是深愛她的丈夫的。志邁的深沉的目光，蓬亂的頭髮，高挺的鼻子和微微掀起的嘴角，不都被她稱爲藝術家的風度，而曾經使她迷戀和心醉嗎？她這時正奇怪自己爲什麼要受時間的影響，和空間的阻隔而轉移初衷哩。

秀雯的思想像一根拋物線似的，最初逐漸升高，到達頂點後便驟然降落了。她已從理想的世界，進入現實的生活。她先天的恃強和好勝也透露出光芒，原有的意念也逐漸昇華了。最後，她終於認爲士豪只是愛她，而她卻更愛著志邁，但愛人不是比被愛更富於生活價值嗎？

「妳聽完了，能原諒我過去的錯誤嗎？」

在她浸入自己長久的沉思中，她對於芬芬以後所說的話，一句都沒有聽進耳裡，但她在表面上，卻是在裝作細心傾聽的神色。

「唔！」她含糊地說，「我已完全原諒妳了。」

她這時眞想不出自己爲什麼要嫉妒這樣推誠相與的芬芬的幸福，而去破壞她的家庭溫暖了。這難道是眞像別人所說的：「偷來的吻，比合法的吻要來得香甜」的好奇心理作祟？這難道還能和年幼時，像搶芬芬的玩具一樣好勝嗎？她對自己這樣淺薄和卑鄙的行爲，感到一陣深深的厭惡，不由得臉上發起燒來。

小珍已睡熟了，士豪抱進屋中，仍遞在芬芬的手裡。這是個美滿的家庭，但馬上就要分裂了。她心裡在惋惜地想。

他們的飯已胡亂地吃完，桌上的碗碟也收清了。

「妳們現在好開始談話了。」士豪用右手托著腦袋在催著她們。

「已談完了。」是芬芬平靜的聲音。

「談完了？」他彷彿很後悔沒有聽到她們談話的內容似的重複著。

他側轉頭看到秀雯那種傲然自得的神情，像是打了勝仗的戰士一樣安閒，他感到放了心。然後從上衣口袋裡掏出了一個紙包，一面打開一面對芬芬說道：「我們自己的事可以解決了吧！」

芬芬的睫毛垂得很快，像接受死刑宣判的罪犯一樣地木然。這時她突地拔出釘牢在紙包上的目光，溜回到秀雯的臉上，見秀雯正顯露著她熟悉多年的得意的微笑。她連忙閉著眼點點頭。

士豪在兩張離婚協議書上迅速地簽了字，馬上就推到芬芬的面前。

「頭有點痛，」秀雯帶著苦惱的神氣。「我要回去了。」

「不能稍等一會兒嗎？」士豪用目光向她示意。好像在告訴她，不要在這千鈞一髮的時刻干擾了。

「不，不等了。」秀雯從身旁的手皮包中拿出一隻信封；她從信中撿出飛機票和出境證。「我明天五點鐘，還要趕到飛機場呢！」

「什麼時候決定的？」士豪驚訝地、不信地問。也好像聽到一聲響雷。

「志邁的朋友張先生，下午一點鐘，送這些給我時，」她將飛機票和出境證在手中一揚。「我就決定了。」她認為她的謊說得非常自然。

她拿起桌上那封信，一塊塊地撕成粉碎，然後用手帕包好，連同出境證和飛機票，慎重地放進皮包中。

士豪知道那封信，是她寫給她的丈夫的，在說明她已永遠不回到他身邊去了。她也告訴過士豪，爲了要表明她的決心，她要將飛機票和出境證一齊寄給她的丈夫。可是，她現在的轉變，爲什麼要如此的奇突呢？他像飄浮在海中，被巨大的浪打來，已擊潰他的腦殼和靈魂了。

秀雯已從桌旁立起。「我先走了。」她又像進來時一樣矜持並帶著傲意地走向門外。

士豪和芬芬不約而同的站起，跟隨在她的身後。

當她和他們說了再見後，就昂然地進入人流中去了。

「明早到機場送行去。」士豪惘然地說。

芬芬一直像在睡夢中，這時似乎醒來了，馬上便接著道：「我也去！」

「我也去！」小傑也在學著母親的口吻。

上坡、下坡

1

自行車的車輪扭扭捏捏，前面的柏油路扭扭捏捏；遠處的樹木、電線桿、銀河裡的星星都在跳躍抖顫。

橫坐在車後的周爲對把著龍頭的陸德泉說：「好好騎吧。是不是醉了？」陸德泉舉右手，用單臂撐龍頭表示抗議：「誰說我醉！」

「不醉更好，不然，下來讓我騎。」

「你盡說醉話。我們一人一瓶，醉的該是你。」

「是你。」

車子倏地往前一衝，擺了擺便向左傾斜；周爲慌急地縱下車。陸德泉伸直兩腿，腳踏地面才穩住車身沒倒下；卻驚出一身冷汗。

周爲嘲弄地擠眼睛：「我說你是醉了。」

不服氣，一百二十個不服氣，陸德泉踏車蹬。「你上車，看我衝那個斜坡！」

坡度不太大，單人騎車一下子就過去；但多載了一個大漢，又有不少酒意，車子便在坡道上忽左忽右地蛇行。

車後有猛烈的燈光噴過來，接著便是一陣「轟隆隆」的聲浪猛擊著他們。夜深人靜，這摩托車聲像割裂著耳膜。

不管它。郊外馬路很空曠，沒有行人；各走各的路，誰也管不了誰。

摩托車的速度減慢，悠閒地駛過他們的身旁——不對，摩托車上的大塊頭跳下車，用手推著車子上坡。難道是機器故障了？

陸德泉懷疑地嘟噥：「那傢伙是怎麼一回事？」

「神經病吧！有馬達不用。」

陌生的大塊頭，把五百CC的摩托車，停在路旁，回過頭仔細地瞧他們一眼。

陸德泉問：「他是什麼意思？」

「誰知道。」

「他也嘲笑我們醉了，上不了坡？」

「很難說。」周爲咂咂嘴。「你把車子停下，我們去問問他。」

自行車被猛地煞住，在大塊頭面前咯吱吱苦叫。那傢伙的身材又高大、又魁梧，從灰濛濛的燈光下看，像一座鐵塔。

沒有時間考慮、商量，周爲已迅速跳下車，跳在鐵塔面前，掄起右拳對準肥大的鼻頭揮去。

陸德泉還沒來得及阻止或是呼叫，那鐵塔已歪歪斜斜地倒下。

周爲得意地齜著牙。「你看我給他一個教訓——隨便輕視別人的教訓。」

「好，幹得好。」陸德泉本想埋怨他闖出人命，不是兒戲，但話到舌尖改變了主意：「你眞勇敢。」

「我沒有喝醉吧？」

「沒有。」不喝醉酒，怎會無緣無故伸手打人。周爲能裝英雄好漢，他怎能低頭做懦夫。

鐵塔在地面僵臥了片刻，腿伸一伸，臂膀動一動，沒有死，只是暈了過去。撐著坐起，站起。鼻血流著，紅紅的色彩，由他自己的手塗得滿臉，活像關公。

陸德泉走向血面人，忽然忘記自己是去打他，還是慰問他。星斗滿天，啁啾不已，馬路盡頭汽車喇叭哀鳴，而眼前的這座鐵塔正半睜著眼敵視他。

不錯，他和周為是同伴，同乘一輛車，當然要把他當敵人看待。既然是敵人，就用不著禮貌和謙虛。縱上前去，伸手就是兩個耳光。

血面人像是甦醒過來了，大聲嚷嚷：「你們隨便打人？」

話還沒有說完，就飛速地伸手踢腿。陸德泉沒來得及招架，已骨碌地被摔倒。他想，這傢伙一定是打架的能手，不然就是學過柔道和擒拿術的專家。

不管你塊頭大，本領好，雙拳難敵四手，今天總要栽在他們兩個人的手裡。

這樣想時，陸德泉已翻身爬起準備還擊。

糟了，那鐵塔從身後摸出一個亮滑滑的傢伙，難道是個靠打架吃飯的壞蛋？要小心才是。

他想得太多，動作太慢；而對方卻穩健老練，一下子右手抓住，亮滑滑的傢伙已套在他手上。

啊！是手銬，原來是辦案的朋友！

「這是幹什麼？」

「你被捕了。」

「為什麼？」

他被抓牢鎖在摩托車的車槓上。「我們回局裡再談。」

鐵塔箭步竄向周爲。

周爲諒是嚇呆了，一直呆呆地看著他們。這時才跨上自行車準備逃走，但已太遲，鐵塔抓牢脊背把周爲從車上拖下。他們兩人同一個命運：同套一副手銬、同乘一輛車……

2

周家的大門被敲得咚咚響，一陣緊似一陣。

晨曦塗在屋脊上，兩三隻麻雀在院子裡跳躍吱叫。周江海伸懶腰、打哈欠，開一道木板門，大門打開一條縫，伸出半個頭，看看敲門的是誰。

嘿！想不到，是陸遜基。忙把頭縮回，關緊門不理他，但是太遲了，陸遜基的右腳已插進門的中間。不能硬起心腸，用兩扇門把他的腳軋斷。

「慢點，慢點！」敲門的人大叫。「我只說一句話就走。」

主人把門門的鐵檔，搖得呼啦啦響。「有什麼話好講的？你說永遠不進我家門，怎麼又忘了？」

陸遜基踏進門內。「今兒來有重要的事，已顧不了那麼多。你的孩子在家嗎？」

周江海覺得胸中有根硬木棍，直挺挺地豎在喉頭，半晌說不出話來。嚥了一些唾沫才結巴地說：「你問他有什麼事？」

客人笑得很冷，像晨間的氣溫。「向他要我的孩子！」

「你的孩子也沒有回家？」

「所以我才起個大早，敲你姓周的門。」

輕微的戰慄，從內心慢慢擴散在周江海的整個肢體，他一夜沒有睡好，等待周爲回家。太太埋怨他沒有出去尋找。可是世界這麼大，向何處搜索會跑會跳的二十歲的青年人？他怪太太沒有管好、教好，使這樣大的兒子，事先沒說明就擅自不回家，嘰咕吵鬧了一夜，沒有獲得結論；現在陸遜基有什麼理由來向他要人。

周江海還是忍著滿肚子火。「如果是我，就不隨便敲人家的門。」

「即或是你家周爲被殺死？」

「這話怎麼講法？」

門外的人跨大一步，踏進門內；從上衣懷中口袋內，掏出一張紙條：「你看吧。」

東方的雲彩被燒成焦黃，有一絲絲絢麗的金色線條，滲入頭頂的灰白雲堆。周江海沒戴眼鏡，但還可以看到三寸寬、一尺長的紙條上，歪歪斜斜的字：

爸媽：

今晚我不回來了。我要和周爲在公墓旁談判、喝酒，說不定還要比武決定勝負……

周江海覺得眼球又澀、又重，紙上的墨水的筆跡，一下子變成灰樸樸的一片。他定定神，字跡才慢慢顯露出來。急找下面的署名：「你們的不肖子德泉敬留。」

「你說，你說，這是什麼意思？」周江海揮舞那張紙條像一面旗幟。「你想誣賴我的孩子——？」

陸遜基急搖雙手。「不，不。如果有一個人回家就好辦；現在兩個人都沒有消息，一定是同歸於盡。」

「好，好，同歸於盡。」周江海連忙把紙條塞進胸懷。「我抓到了證據；要你賠我孩子的命！」

一句句鬧嚷聲大起來，家中的人都被吵醒。太太和女兒全擁在門口，探問究竟。聽完敘述，太太號哭，一把眼淚，一把鼻涕。女兒跳進去，又跳出來，手裡抓一張紙大喊：「哥哥也留下了『遺言』！」

周江海粗聲喝阻，從她手上搶過那張紙條，扯著兩端念道：「爸爸媽媽，我不想活了，我要和陸德泉一起死去，請你們不必掛念——」

他「胡說」兩個字還沒出口，紙條已被陸遜基搶去接著念：「我們兩家的仇恨，愈積愈深；子子孫孫永遠不會完；我希望從此以後——」陸遜基抖動紙條，連連皺著腦殼。「還有——怎麼說呢？下面怎麼沒有了呢？我也要留下做證據！」

周江海眼看著他把紙條塞進胸前插袋，沒有絲毫搶奪的意思。忽然之間，他覺得自己和周爲一樣大小，隨著父親在山上打獵。兩頭獵犬，追趕一隻白色兔子；兔子從山坡竄進水溝，再潛入稻田。他們父子持著獵槍，緊隨在犬後，追啊！追啊！看樣子，小白兔已筋疲力竭，快要被人或是犬逮住了。誰知從山溝的那一邊，跳出來陸家父子，一槍就把兔子打死。

周家的黑色獵犬，咬著死兔子的腿回頭跑；陸家的槍彈，又擊穿了黑犬的胸膛，接著便是兩家人的搏鬥。雙方的頭被打破了，胳膊的肉撕碎，腿被咬傷……確是一種原始性的戰爭。從此以後，兩家便詛咒、傷害、殺戮……直到雙方年老的父親去世，他們能夠自立，才慢慢的忘卻過去的仇恨。誰知竟在無意之中，爲了周爲和德泉不在一個學校讀書的問題，雙方又鬧成僵局，互相發誓不踏進對方的家門。

今天陸遜基爲了找兒子，打開他的門，搶走周爲留下的紙條，簡直欺人太甚。如果把周爲找到了，他也要給陸遜基一個相同的報復。

「你說說看，」周江海憂慮地問：「他們會怎樣同歸於盡？」

「誰知道呢？可能雙雙服毒，可能用刀用槍決鬥，可能……」

「可能什麼？」

「可能同時喝了酒，互縛著手投河——」陸遜基突地切斷話頭，用雙手抓著凌亂的髮絲。「我想不出，我猜不透；所以急著要來和你們商量商量。」

周太太邊哭邊訴說：「人已經死了，商量有什麼用？」

小妹妹急得頓腳。「你們爲什麼不早點告訴他們，要他們用合理合法的手段去解決……？」

「廢話，孩子氣的話。」爸爸在心裡咕嚕，誰都不會想到兩個毛孩子，要幫助成人解決恩怨和仇恨。他們這樣做，會收到什麼效果？周陸兩家，眞願意爲了他們兩個自我犧牲而重行和好？

看樣子，他們兩個小傢伙算是白死了；以後的仇恨會更深更重。

周江海說：「我們先去把他們兩個屍體找到再說。」

太太接著哭出聲。「我要我的心肝啊！你們鬥氣，拿孩子犧牲，我和你們拚命！」

女兒抓住媽媽肩頭搖晃：「別哭嘛，你們該問陸伯伯要怎麼辦？」

媽媽繼續向客人嘮叨、咒罵。「你們小太保，殺死我的孩子，我就要你的老命賠償！你說啊，你呆站在一旁，不講話就算了！」

又圓又紅的太陽，爬出雲窟，紅光輻射在陸遜基的臉龐，他伸手去遮那刺目的光線：「我們該拋棄以往的恩怨，一起去救兩個孩子！」

周太太搶著說：「誰要和你這個壞人在一起，我們永遠不要理你！」

丈夫用手阻止太太，對客人嘁嘁嘴：「先說說看，要用什麼方法？」

「我們兩家合起來不到十人，世界這樣大，」陸遜基慢呑呑地說：「找他們就像到海裡撈針——」

「不要說道理！」周江海暴躁地道。「說說你的計畫，讓大家參考參考。」

「我們去報警。」

是的，報警。他為什麼沒有早想到這一點。這兩個小傢伙可能在旅社、河溝、風景勝地……唯有動員警察的力量，才能夠尋獲他們。

「好，我們走吧。」周江海走了兩步，聽到太太在後面大叫：「你不是說過，不和仇家的人來往；怎麼又和他走在一起！」

他覺得太太確是囉嗦。為了要達成重大的使命，小的仇隙就不該放在心上了。

3

周為翻身坐起，揉揉眼睛，向四處張望了一會兒，大聲問：「這是什麼地方？」

睡在旁邊的陸德泉，在被窩裡踢動雙腿。「不要裝傻，這是拘留所。」

啊，不錯。又高又厚的牆壁，門窗貫穿著很粗的鐵條。像一隻鳥兒都飛不進；不，該說是一隻麻雀都飛不出去。他怎會被關在這兒？

想起來了。同乘一輛車，打鬥、流血、手銬……景象雖模糊；但動作仍一節節地連貫得起。

「你喝醉了是不是？」周爲用手掌拍擊自己的腦門。

「是的，你也喝醉了。」

他頭痛，嘴乾唇焦，喉嚨裡似乎冒青煙。他平時一滴酒不喝，而昨晚卻在公墓旁喝了一瓶黃酒。

公墓裡墳塚很多，沒有人跡，但他們兩人卻舉起酒瓶咕咕嚕嚕往喉管裡傾倒。

「你記得爲什麼要喝酒嗎？」

陸德泉仍用被蒙著頭。「當然記得。」停了片刻，他將雙手撐出，伸了一個懶腰。

「你感到後悔了，是不是？」

周爲心中猛地一驚，後悔的該是陸德泉。他們在一所學校讀書，一個球隊打球；但受了家庭恩怨的影響，都互不講話。

有一天，陸德泉抓住他說：「你不能遵照自己的意志做人和做事，一定要受家庭的束縛？」

「你呢？」周爲不甘示弱。「你能反抗家庭的壓力，做一個家庭的『叛徒』？」

「爲什麼不能！我們兩家爲了一隻兔子，竟積下幾十年冤仇。太不値得了，要從我們這一代開始——」

於是陸德泉設計了一套辦法，要讓他們的父母驚訝和接受，才會留下遺書，在墓地喝酒；才會被關在這兒。

「你的計畫雖好，」周爲敲著拘留所的鐵條諷刺地說：「卻沒有算到碰上摩托車的壯漢。」

「不知道家中人怎樣想法？」陸德泉嘆了一口氣，倏地從被窩中跳出。「他們眞以爲我們是死了，絕想不到我們活在這個天地裡。」

一陣金黃的光芒在眼前閃爍。拘留所的門被推開一條縫，一個禿頂的人伸進頭來說：「你們兩人的家長一同來看你們。」

他們相互的看著，眼淚不自覺地流在面頰上。

十字路口

霍正昌站在十字路口的電話亭旁等待——等待王梅娟。

他把插在大衣口袋的左手拔出，舉在眼前看腕錶：已超過十六分鐘。她告訴他是七點鐘在這兒見面的。

紅綠燈自動變換色彩，人潮陣陣地湧來湧去。有穿大紅長褲的，有穿毛茸茸的灰大衣的，還有抱著熱水袋的……各種裝束和高矮、肥瘦的女人很多，就是沒有看到梅娟的影子。

這眞有點像發瘋。冒著這麼大的寒流，梅娟罰他站在又冷、又澀的十字路口，簡直是精神虐待。

他把視線射向那閃動泡沫的霓紅燈廣告，心底不由打了一個冷顫，原來亮晶晶的是一種汽水泡沫。這樣冷的天，汽水喝進口中，心底不會結冰？

如果梅娟再不來，他的熱情快要凍結了。她不在餐廳、咖啡室或是電影院約他見面，卻要他站在這十字路口喝西北風。他爲什麼還要呆呆地等她。

他上前走了幾步，想離開這兒去喝幾杯老酒，抵擋寒氣。梅娟大概不會來了。就是她來了見不到他，明天也有理由好講。

「先生，獎券要吧？」一個頭髮灰白的老婆婆，把一疊獎券攤成扇形，伸在他眼前搖晃。

「不要。」他說。

「五十萬！明天開獎。」

他再搖頭。「買過了。」

老婆婆臉上皺紋刻得更深，紋溝裡像塡滿失望和不滿，趦趄地走開。

他沒有買過獎券，那是騙她。假使要買的話，走廊上有體重機，買一張磅一次，還要賺回五角錢，爲什麼要送便宜給她。

一定是他多看了老婆婆臉孔一眼，所以她才釘上來要他買獎券。

實際上，他覺得老婆婆的鼻子和面龐有點像梅娟，目光隨便在臉上一溜，就惹來麻煩。

馬路上的人，彷彿像梅娟的很多。那個穿黑外套的女人走路像她；那個邊走邊搖動皮包的像她；還有拉著男人胳膊嘻嘻哈哈笑的也好像是她。他心裡和腦子裡全是梅娟的形象。如果今晚見不到，恐怕夜裡的覺也不會睡得著。

他怎能走開呢？今天見面的目的，是要介紹他給梅娟的哥哥見面。他們已經到了談嫁娶的階段，只要梅娟的哥哥，對他的人品滿意，他們就要辦理訂婚、結婚的手續。感情到了如此程度，中途放棄，那不是太可惜。

霍正昌腳步停止移動，用左手的食指挖鼻孔。這是他的習慣。他對某件事拿不定主意時，會不自覺的這樣做。鼻孔挖完了，他把食指伸到鼻頭嗅嗅，看有沒有臭味。他有鼻竇炎，如果臭味，又要送錢給醫生花了。

想到花錢，就有點心痛。他送了梅娟一隻皮包，一雙高跟鞋，還有一件旗袍料。梅娟嘴裡說「不要，不要。」但他送的東西，都一樣一樣地收下了。

梅娟的經濟環境不大好。她在一個窮機關裡當打字員，薪水少得可憐。她自己要做衣服，要買化妝品，還要供養母親。他爲她買了一些必需品，使她能在經濟方面喘喘氣。

現在好了。梅娟的哥哥，從香港來到她們身旁，哥哥已找到職業。如果他和梅娟結婚，準岳母未來的生活，便用不著負擔。可是那好處還沒有獲得，今晚先要他嘗嘗西北風的味道。

他轉了一個身，覺得眼前又有一個熟悉的面孔晃了晃，又像梅娟。

霍正昌覺得很可笑。那個熟悉的面孔是個男人。男人也像梅娟？他想念梅娟快要想瘋了。

什麼，那個男人對他笑，點頭。是認錯了人？還是對他身後的人打招呼？

急忙掉轉頭，身後沒有一個人是面朝這方向的。如不是自己的錯覺，就是那人眞的向他表示友誼。

轉過臉來，陌生人已走向他，伸出右手要和他握手，同時大叫：「你不是老霍嗎？」

他猛地一怔，急忙上下打量伸手的人：又舊又破的夾克，皺得像油條的卡嘰布褲，頭髮蓬蓬亂亂，像是個做粗活的工人。

霍正昌雙手緊摸著袋底。他怎會和這樣的人握手？他從不交這樣的朋友。

「你認錯人了吧？」霍正昌昂頭冷冷地說。

那人的手拍著他的左肩，「哈……哈哈，你眞是貴人多忘事，忘記老朋友了。」

他的心尖抖動了一下。再仔細一瞧，不錯，這人正是十多年前在香港的老朋友馬京祥。那時他們白天在一起把大石塊敲碎鋪馬路，拿了三塊港幣，一起坐電車回家，晚上也住在一起。生活了三年多，想不到馬京祥也來了台灣。

可是，看他這身落魄的樣子，準是沒有地方住，沒有地方吃，也不會有工作。在香港那時年輕，敲一天石頭，臂瘦腿痛，第二天再沒辦法拿起鐵鎚。現在他也四十出頭，馬京祥還比他大兩歲，更不能做苦工了。如果他認這個老朋友，能供他吃？供他住？能爲他找工作？最起碼要招待馬京祥喝一頓、吃一頓，那不是要損失一百多塊嗎？

啊！一百多塊，二十多張獎券。一張二十五萬，不是丟了五百多萬？一百多塊，還可以買一條多香菸。昨天的棉被，請隔壁同事鄒天宏縫一下。老鄒一定要敲他一包香菸。結果，扯了半天，他才用半包香菸抵賴過去。現在怎能認這個棒打不著的窮老朋友。

馬上梅娟就來了。梅娟看到他有這樣一個窮朋友站在身旁，一定覺得丟臉。而且，梅娟的哥哥，還要「相親」。怎能和馬京祥打交道，破壞自己的婚姻。

霍正昌挪動身體，並伸手將馬京祥的膀臂推開。「你一定認錯了人，我根本就不認識你。」

「什麼，你不是叫霍……霍正昌嗎？」

「我不叫霍正昌，也不叫霍副昌，我從來就沒有見過你。」

「你有沒有去過香港？」

「去過香港又怎樣？」霍正昌譏嘲地說：「到過香港的人，一定要認識你？」

「我……我們住在一個樓梯底下，一同喝酒，一同啃乾麵包——」

馬京祥沒有再說下去，一定看到他的面色難看，不敢把故事說到底。他和馬京祥在一起做敲石子工作時，沒有安定的地方住。是馬京祥要他同住在一個寬大的樓梯底下的。晚上鋪開草蓆，互相捶腿捶背。實在太累了沒有力氣去工作，便同去餐館內要麵包皮吃。他們都說過，將來不論誰先有辦法，就要幫助另外一個人。

他先來到台灣，找到關係，到一個不大不小的機關裡當一個最起碼的職員，勉強維持自己的生活；現在又要加一個梅娟，哪裡來力量幫助馬京祥。

霍正昌心裡儘管這樣想，但仍覺得有些歉疚。他喜歡喝酒，沒有買酒的錢，往往把馬京祥坐電車車票的錢借了——不如說是拿了買酒喝。馬京祥去工作地，從電車的上層，降到下層。好像馬京祥對錢財方面，從沒有和他分過家。今天見面了，不但不請他吃喝一頓；連朋友的關係都賴了，好像說不過去。

可是，不行。梅娟在馬路那頭，隱約地走過來了。和馬京祥拉舊交情，三句兩句話一定說不完，而且要花費他不少錢。想起錢就難過。跟梅娟在一起，看電影要錢，吃飯、喝咖啡要錢，坐計程車——坐公共汽車也得買票。眼看著梅娟那件大衣又舊，式樣又老，該買一件給她準備訂婚穿。訂婚要錢，結婚更要錢。

近來新舊年關交界，結婚的人特別多，紅帖子來了，又要花錢。前天，一個多年深交的朋友結婚，沒有辦法，他花五塊台幣買了一副紙對聯，自己用毛筆寫上吉慶的話去道賀。「秀才人情紙半張」，這本來是很平常的事。誰料到那班幫忙辦喜事的人，不知是認爲這紙對聯新穎別致，要使大家欣賞他「龍飛鳳舞」的墨寶，還是故意跟他開玩笑？把那副寒傖的對聯掛在正廳中。他的臉紅到脖子根，沒有辦法吃喜酒，只好簽個名偷偷地溜掉。

現在怎能夠花冤枉錢，去請這個又窮又沒有前途的老朋友。

「你的神經一定不正常。」霍正昌揮著右手，板起面孔說：「我在香港住的是三層樓公寓，一面做生意，一面讀大學，誰和你住在一起、吃在一起？」

馬京祥的手掌互相搓著，吃吃地說：「眞對……對不起，我認錯了人。不過，我那位朋友的面孔和身材，的確像你。請你再想想看，記不記得有一位叫馬京祥的——」

「去，去！什麼馬京祥、牛京祥的！」霍正昌眼睛看到對面馬路上，梅娟正向自己身旁走來，不能再和他瞎扯下去，耽誤自己的正事。他又加了一句：「再不走，我就要喊警察趕你走！」

馬京祥雙手一攤，聳聳肩，像是無可奈何地懶洋洋走了。可是，霍正昌急得一身冷汗，又把食指伸進鼻孔挖了挖。如果馬京祥再想起香港的往事，掉頭來質問他，那麼就會當著梅娟的面，把謊話揭穿。

這時，顧不了那麼多，梅娟已在對他微笑，舉手招呼。有了梅娟，愁雲慘霧都消散，一切煩惱都拋開。他突地覺得整個街道上的霓虹燈都在閃爍。

梅娟說：「抱歉，來遲了一步。要你在風地久等。我碰到一個同學，拉住我不放——」

「不要緊。」他忙切斷她的話，響亮的汽車喇叭聲也變成美妙的音樂了。梅娟這樣有禮貌，再遲半個鐘頭，他也願意等。突地想起剛才要離開的念頭，心裡像打了一個結。

他又追加了一句：「我們先找個地方避避風。」

「請再等一下，我哥哥還沒來。」

霍正昌不滿地說：「妳爲什麼約他在這兒見面？咖啡廳、觀光飯店多的是，何必這樣寒酸？」這時落得他講大方的話。

「他剛到台灣，服裝不整，不願意去大地方。他只要看看你就好——」梅娟的話還沒說完，便舉手打招呼。「我哥哥已經來了。」

霍正昌偷空挖了一下鼻孔，再轉頭看梅娟打招呼的方向，彷彿失足掉進冰窟，全身涼透了。原來梅娟正和馬京祥互相舉手點頭。

他慌急地問：「妳認識他？」

「他就是我哥哥嘛。」

霍正昌的喉嚨像被別人掐住，不能呼吸，也不能說話。噎了半天才斷斷續續地吐出幾個字：「他姓馬，妳姓王——」

「我不是老早就告訴過你，我跟舅舅姓。」梅娟彷彿對他不記住她的身世表示不滿。「你眞正貴人多忘事！」

他還沒有來得及分辯，馬京祥像座鐵塔似地矗立在他身旁。他從沒覺得馬京祥有這樣高大過，他記得以前是比他矮半個頭的。

梅娟說：「這是我哥哥，這就是我和你說的同事、朋友——」

哥哥的眼睛豎起：「妹妹，妳就是要帶我見這個傢伙？」

「是的，他幫過我很大忙，」妹妹高跟鞋的後跟轉動著。「你必須認識認識他。」

「我早就『認識』他了。」哥哥左手一揮，命令地說：「妳趕快跟我回去！」

霍正昌仍在挖鼻孔，不知道自己應該怎麼辦。早曉得馬京祥是王梅娟的哥哥，不管馬京祥穿得有多破爛；也不管招呼了以後要花多少錢，他總要硬著頭皮把這場面撐下去。可是，現在遲了，糟了，馬京祥的火氣像是很大，馬上要把這條街燒燬了。

「不忙。」霍正昌搶著攔阻。「我們到南方大飯店吃飯，邊吃邊談。」

「免了，免了。」馬京祥粗裡粗氣。「『北方』大飯店我們也不去，我們回家喝稀飯。走吧！」

妹妹把頭縮在黑大衣的領子裡，眼珠轉動地問：「你們說說看，爲什麼嘛？」

哥哥說：「你問他！」

「誤會，誤會，完全是誤會。」霍正昌雙手搖擺。「需要解釋一下。」

「還有什麼好解釋的？」哥哥手指著霍正昌，對妹妹說：「這傢伙在香港和我同吃同住，現在看我穿得破爛，就不認我了。妳還要交這種狗眼看人低的朋友？」

「我眼力差，記性壞，想不起你的樣子。」

「不錯，現在我沒有拿大皮包，也沒有坐汽車，你當然記不得我。」馬京祥刻薄地說。「難道你對自己的姓名也忘記了？」

妹妹說：「天下哪有忘記自己姓名的道理。」

哥哥說：「他忘記的事可多哩！他沒有地方住，睡走廊，我把樓梯分一半給他；他沒有飯吃，沒有酒喝，我把口袋的錢掏給他。他也忘光了。」

梅娟問霍正昌：「這是眞的？」

他不能回答。如果說是眞的，妹妹就要輕視他，唾棄他；說是假的，哥哥的怒火更大，說不定對他更不利。他還是忍住算了。

哥哥又說：「他沒有衣服穿，穿我的。他沒有車錢，我分給他。他來台灣的路費不夠，我湊給他、借給他。他到了台灣，早就忘記了我，一個字都不寫給我。」

梅娟又問：「我哥哥的話是眞的？是假的？你怎麼不說話啊？」

「他敢開口！」馬京祥大聲地喊嚷。「他以爲我來不了台灣，來了以後也找不到他。誰料到我們在這種場合見面！」

是的，他的確沒有料到。即或是想到馬京祥會來台灣，怎樣都想不到他是王梅娟的哥哥。馬京祥以前雖然談過他失去連絡的母親和妹妹，當時他沒有留意。他只關心自己，不留意別人的毛病，眞是不大好。

霍正昌說：「過去的事不必談了。大家不要在這兒受凍。今天由我來作東，爲你接風——」

「你這話說得太遲了，」馬京祥說。「如果你一見面就這樣講，我或許會忘記你過去的種種。會原諒你以往的錯誤。現在你爲什麼不賴了？是因爲妹妹的關係？妹妹，這傢伙妳認識清楚了吧？」

梅娟問：「你眞是這樣壞嗎？」

「我不是壞人，也沒有壞心。」霍正昌緊張的挖著鼻孔。「我……我實在有許多困難。」

哥哥說：「你的困難我知道：是怕我拖累你，是怕我跟你要舊帳，乾脆裝作不認識，這樣便一了百了，對嗎？」

妹妹的手指著霍正昌的鼻尖，尖聲地問：「你還要和我訂婚？」

「是的。」他點點頭。最好不要訂婚，訂婚要花酒席錢，買衣服、首飾更要花錢。如果能簡化些免掉最好，大家省事省錢。

梅娟又問：「你還要和我結婚？」

「當然。」他小聲地說。如果能不結婚更好。他現在住的單身宿舍，地方不小，有八個榻榻米，就是髒一點，亂一點。梅娟能夠和他住在一道，整理一下，一定很不錯。假使一定要結婚，到法院公證，花費不多，只請她的母親和哥哥吃一頓，再加兩個公證人，五百塊一定夠了。

「別作夢了。」梅娟的黑皮包在他眼前一晃。「你自己去發『昏』吧！我已認清你的眞面目了！」

「這……這從何說起？妳爲什麼突地變了？」

妹妹還要和他說話，但哥哥一把抓住她的膀臂：「走吧，我的『相親』工作已完了。」

霍正昌目送他們的背影冉冉消逝。紅綠燈的變化照舊，他彷彿自己已陷入閃爍的汽水泡沫中……

豬狗同盟

陽光穿過菱形空洞，塗在黑白雜色的大母豬環寶身上。她酣睡在院牆旁的陽台，被擠塞、蠕動的一群小豬吵醒。挺直四肢伸伸懶腰，再昂頭擺盪一對大耳朵，懨懨無神的眼睛，凝視那一群子女們。

在極端疲憊中，她覺得一個連一個小豬們來到這世界。當第八個小白豬誕生時，她已暈了過去。主人郭明輝在她身旁照料，她隱約地知道仍有不少小生命，綳出她的肢體。全部清醒，用她笨拙的頭腦，數了三次，才確定是十八隻小豬。

她差不多被嚇昏了，十八隻，是多麼可愛的一群。但怎樣餵奶呢？她只有十二個奶頭。

主人張著一張大嘴，笑嘻嘻對太太說：「今年算是交了好運，大母豬爭氣，我們要賺大錢了。」

太太的態度冷淡。「能全養得活?」

「不用愁,我們多給她增加營養。老母豬有經驗,會照顧得很好。」

一頂高帽子套在她頭上,聽起來很開心,但眞能照顧得了?第一胎生六個,第二胎生九個,現在卻生了雙倍。主人在產前已給她吃得很好,有米糠、豆餅、地瓜,還加了不少米飯;生產以後,吃得再多,怎能供給十八條小生命吸吮奶汁。

環寶站起身,輕踱了幾步,小豬們吊在奶頭上,吮著不放。仍有七、八個小豬,爭搶奶頭。彼此不讓,互相咿唔呼嚕了一陣。

大母豬感到很難過,想不出什麼辦法使他們全部吃得很開心。他們只是才出世的小豬玀,不懂事,也沒有忍耐工夫。吃到奶的不曉得禮讓,沒有吃到的,不曉得等待。這樣吵吵鬧鬧。她眞擔心不能達成主人的要求。

主人出現豬圈旁,手提圓木棍,在生氣地吆喝。

她撐起前爪,從鏤空的圍牆空隙裡,見鄰居謝中德家的一隻棕色母狗哈麗,被主人趕得團團轉。

哈麗對她汪汪叫,彷彿在向她求援。可是她被關在圍牆裡,沒有自由;更有一大群兒女要照顧,怎能去支援?

她知道主人不是對哈麗生氣,而是恨哈麗的主人謝中德。郭謝兩家是世仇,近來更爲了打一隻野兔，又吵、又鬧、又打，算是仇上加仇。

謝家田裡的一隻白色野兔，被郭明輝發現，用圓鍬敲了一下腦殼，兔子顛躓地逃逸，郭謝兩家人同時追趕。因兔子受了傷，逃不遠，也跑不快，終於在公共水溝旁，被謝家捉住。

爭執由此開始。謝中德認爲兔子是謝家田裡生長的，而且由他親手捕獲，當然歸謝家拿回；可是郭家說兔子是由他發現並擊傷，不然，田中很多野兔，爲什麼謝家不全部拿回家？

兩家的男女老少打成一團，郭明輝的頭被木棒擊傷，而謝中德的大腿，也被圓鍬砍了五寸長、一寸半深，結果兔子被拋在山間，誰也沒拿到。從此，謝家打郭家的豬、雞、鴨……而她主人見了鄰家的豬、鵝、羊也拿起了武器。

在這種情形之下，哈麗被打，她又能幫助些什麼。

大母豬環寶拖拉著小豬，急速移動蹄爪，爬到哈麗被圍的地點。明白了，哈麗不肯走開，是爲了她的兩隻小犬：一隻灰褐色，還有一隻棕黃色，長得像肉糰糰，確是很可愛。她們正圍在牆畸角處曬太陽。

主人的木棒，打在哈麗身上，哈麗沒有逃走——平時，她跑得很快，任何人都追不及——只是用嘴咬著主人的棍頭，不讓小狗受到敲擊。看主人打狗的架式，不是狠心的想把她打死，而是趕她，或是打給她主人看。如眞心要打那些小狗，哈麗怎能阻擋得住。

不論怎樣，她都該替哈麗解圍。她們處得不錯。她有時鑽過籬笆，跑進謝家院子散心，也只有哈麗接待她，向她搖尾巴。有一次她把大便屙在謝家花池旁，謝家的十八歲大兒子，用磚頭砸她，也是哈麗咬住謝老大的褲管，爬在謝老大的身上，她才沒被砸死。

「唔……唔唔……」環寶縱起身對主人狂吼。小豬們受到驚恐，互相衝撞逃避。霎時散布了整個陽台。

主人猛轉身，拋掉手中木棍，跳進圍牆，大聲咆哮：「我不打你們，你們不要怕。我是打那隻壞人家的狗……」

小豬呼嚕嚕叫，小狗在圈外哼哼唔唔。有如對主人提出抗議。

郭明輝彎腰俯視豬群，用手撫摸環寶的鬃毛，並輕聲數著：「一、二、三……十六、十七。」接著又數了一遍，到十八才停止。

環寶知道是在數她的兒女，從主人的目光中，顯出十二分的關懷。單靠關懷有什麼用？怎樣來解決餵奶問題？經常有六個小傢伙吃不到奶，她這個頭腦簡單的豬，想不出好辦法：主人那樣聰明，不該使這些小畜生受罪才對。

他們只是一些小豬，不懂事，當然不能要求他們禮讓，忍耐和等待。如想要十八隻小豬羅都長大，就該設法僱個奶媽。

主人拍拍環寶的頭頂。「妳要好好帶小豬，我要買好東西給妳吃。」

「哼，哼唔唔——」大母豬覺得主人太現實，要她餵小豬賺錢，就對她說好話，怎不在平時把她當一個眞正的豬看待？

「我把那隻癩皮的狗趕走了，不讓哈麗靠近妳和小豬。」

「哼唔，哼唔。」環寶不服氣也在喉頭咕嚕。唯有哈麗是她眞正的朋友和知己，趕走哈麗，誰來陪伴她；她再到謝家被毆辱時，還有誰來解圍？

「我今天要把計畫告訴妳，」主人倚在圍牆，左腳輕蹴她的脊背和小腹。「十八條小豬，是筆很大的財產，我要把他們養大了賣掉，去買兩條牛，牛賣掉再買謝家那塊菜園和水井。」

大母豬避開主人的足尖，拖著小豬們向圈門走去。主人的野心太大。要賣她這些可愛的兒女去買牛、買土地。再把牛和地賣掉就買布店，開銀行，看起來，她要變做搖錢樹了。

謝家的茶園，長南瓜西瓜，還長青菜蘿蔔。近來又種了番薯。她前些時，無意中走進那菜園閒逛，被謝中德撞見，硬賴她偷吃番薯和蘿蔔，要把她打死賠償。

她的四條腿已被縛起，謝中德就要拿明晃晃的尖刀刺她喉嚨了。第一個幫助她的是哈麗——刀被哈麗用牙齒咬住，跑得遠遠的。謝家大大小小趕哈麗，她才有機會振粗喉嚨喊叫，同時用盡平生力量掙扎，左前腿和左後腿綑縛的細繩被震斷，主人也聽到嘶叫聲出來救援。

縛腿的繩索被主人解開，她連忙逃竄回家；而主人和謝中德又打了起來。村子裡的人簇擁成一堆，把他們拉開。謝中德揚言要趕郭明輝走路，主人也發誓要買謝家的菜園和水井。

沒有水井，菜園裡的植物，就沒法灌溉，將會被乾死、枯死。沒有菜園，謝家的人就沒法生活。這個主意很毒，可是謝家願意賣這命根子土地嗎？

「哇哇、嗚嗚，哼……」大母豬咀嚼主人的話。原來主人在討好她。是她闖進菜園惹的禍，把菜園買回，不是就爲她報了仇，雪了恥？這樣，妳這個大母豬，就更該賣命撫育十八條小豬了！

主人怎料到她這四肢發達，生育力旺盛的動物，不和萬物之靈的人們對敵，更不會記那些無聊的怨恨。爲丁點兒事，去結冤仇，她腦殼裡裝不下那麼多。人們的智慧、能力和各種生活方式，她都很佩服，也願意學習；唯有互相爭鬥殺戮這一點，卻不敢領教。

「老豬，妳是我的老伙計，多幫忙。」主人拍響她的腦門。「我要請些朋友來慶賀慶賀！」

環寶在主人打開圈門走遠以後，突地醒悟過來，覺得很可笑。是她生了一群子女，高興的該是她，主人又有什麼值得慶賀的。

可是，現在她一點都不高興，不知在什麼時候，將有六個小生命，因爲沒有奶頭吸吮而死去。主人沒想到這種災禍，只注意到快樂。難道因爲不是他親生的子女？

「汪汪……」哈麗在院外對著她輕呼，像是感謝她的支援。

老母豬的愧疚之情，從心底升起，她沒有適時阻擋主人，致哈麗仍受到棒擊，她該向哈麗表示歉意。同時要把那根圓木棍啣進豬圈匿起，不讓主人再得到那代表恥辱的兇器。

環寶向外挪移，一群白色的，灰黑色的，黑白相間的小豬玀，在她前前後後擁擠著，有些吊著奶頭，有些攀爬她的肢體，浩蕩地跌跌撞撞走出門外。

哈麗正迎向她走來，她忽然覺得哈麗比自己又漂亮，又偉大。

「喔……喔……」哈麗興奮地吠著，向環寶致熱忱的賀意。看起來，環寶比以前消瘦多了，但生了這麼多孩子，能強健地走路，已是非常不容易的事。她生了五隻小犬，只哺養了七天，被主人送走三隻，現在僅照顧這兩個小傢伙，也累得喘不過氣來，這樣不得不敬佩這隻老母豬。

走近環寶身旁，哈麗用舌頭舔母豬的長耳朵，表示關懷和慰問。

母豬呼嚕嚕哼了兩聲，彷彿有無限的痛苦要訴說。

小白豬正搶花豬的一個奶頭，花豬不肯讓，咬白豬一口，奶頭卻被另一隻黑豬咀嚼在口裡。母豬的胸懷下，一群無知的小豬玀們，鬧嚷著，擁擠著，搶奪著；咬著，衝著，踢著……

哈麗既同情母豬的苦況，更痛恨母豬的主人那樣自私。爲什麼不像她主人謝中德一樣，送幾隻小豬給別人撫養。

生了五條小狗，只剩一隻灰的，一隻黃的在身旁，其餘的都被送走。她最喜歡的那隻白的小傢伙也不能留下，她確感到很寂寞。那可能是因爲像那隻狗爸爸的關係。

眞怪，環寶也生了一隻全白的小豬，這隻豬長大了一定很漂亮。母豬長得又黑又醜，小白豬該像爸爸吧！但幾時又看到那樣白色的豬公？

哈麗感到很欣慰，她比母豬自由得多，可以跳，可以跑，隨自己的意志去任何地方。連交配的雄狗，也任自己選擇，而環寶就不同了，成天關在圈裡沒有自由；主人牽來一條豬公，強迫配給；生了孩子，主人還要把她當搖錢樹。

怎麼，小白豬一步步爬近她，和小狗們玩耍？

兩隻小狗正仰頭吸奶，小白豬也挨近他們身旁，學他們的動作。不行。小白豬的扁嘴巴在搜索奶頭。哈麗牽動身體。不讓奶頭落在豬嘴裡。她和豬不是同類——她可以在任何廳堂、臥室、戲院、旅舍悠遊，可以和國王、王子、公主、詩人及任何名人貴人同吃同睡；而環寶生的小豬，仍然是笨頭笨腦的，怎能給她吃奶！

小白豬的面孔向上，張大闊嘴巴，對準她後腿旁鼓脹的乳頭。她移動四肢，不讓奶頭接近豬唇。這是個大事，她不能輕易的決定。主人和郭家是仇敵，怎能用奶水餵敵人的小豬。

郭明輝會罵她、打她、趕她出門？張家的亨利，吳家的阿花，葛家的冬妮，以及許許多多的狗會嘲笑她，辱罵她？正在吃奶的兩個小犬，會厭惡小白豬；從此以後，會不吸她吃過的奶頭？

這一連串問題，還沒獲得解決；小白豬已縱起攫住奶頭猛吸。她該踢走小豬，領著兩個小兒女回家，再不跨進郭家的院子。

許是她猶豫的時間太久，小白豬沒有被踢走；另外一群灰的，花白的，純黑的小豬，已一個個吮住她的奶頭。

爲了不和主人的仇敵妥協，爲了犬類的榮譽，她該擺脫這一群豬。但主人的仇恨與她無干，豬和犬是不是同類，她一時也分不清。眼前所看到的，卻是那可憐的母豬，與餓得吱吱叫的小混球，這事實不容她退避。

哈麗低下頭，見肚腹下的小狗和小豬，已擠成一片，她視線模糊，分不清到底是她生的狗，還是環寶生的豬。

老母豬抬頭看她，口裡不斷的哼哼唔唔，像有說不盡的感謝的話。哈麗也喔喔哇哇回答了一陣，表示一種得意式的謙虛。

郭明輝又從屋內跳出，見哈麗仍在豬圈旁，便縱身大喝：「妳這狗畜生還不走，眞想找死！」

環寶領著豬群，走向主人嗡嗡哼唔，表示憤懣和抗議，小豬們也隨聲附和，豬聲鬧成一片。

哈麗矗立不動，只昂頭直叫了兩聲。

等到郭明輝走近他們身旁，見豬狗同在一個肚腹吃奶，先是一愣，接著便大嚷：「奇事，奇事，豬狗同盟，値得大家高興慶祝。」

說完便蹲在哈麗身旁，撫摩著她的頭頂和脊背，安慰地說：「妳有這樣好心腸，我以前錯怪了妳。妳們畜生還是這樣友好，我們人類怎能互相猜忌、殘殺！」

哈麗的鼻頭一酸，眼淚簌簌地落下來。

特載：

〈豬狗同盟〉的風波

——記我遭遇的「白色恐怖」

《文訊》第一七六期（八十九年六月號）刊有林麗如專訪王璞〈扛起相機寫文學史〉一文，報導王璞主編《新文藝》月刊時，堅持「不呈稿」。「有一次正巧社方慶祝老總統連任要出版連任專號，他不想讓刊物只有歌功頌德，於是照常登了一些散文、小說作品，其中蔡文甫的小說〈豬狗同盟〉放在小說類第一篇，後來被指有所影射兩岸關係，王璞於是下了台……」等語。

不知是林麗如筆錄疏忽，還是事隔多年，王璞記憶有誤。〈豬狗同盟〉一文是涉嫌誣衊元首（在當時是大逆不道）的重罪，和兩岸無關。因為王璞是國防部總政治部直屬單位新中國出版社的主編，既是現役軍官，又是政工幹校畢業的高材生，出了錯官階照常，只是免兼主編，而執筆的作者麻煩可大了。

那是民國五十五年四月間的事，〈豬〉文刊出後，即發生了下列情形：

一、不通知我參加第二屆國軍文藝大會（參加第一屆的作家都通知出席，只有我例外）。

二、所有的治安人員，紛紛向我的服務單位，以及所在地的公私機關、團體，調查我的言行，當時真是草木皆兵。

三、少數軍中友好，略悉內情，暗示我案情嚴重。

四、經商請警備總部一位高級軍官探尋案情（該案是由警總查辦）。這位朋友調出原卷，檢舉人是李姓保防官（職銜不明，也許因檢舉「豬狗同盟」案有功，不久，即外調至菲律賓大使館服務，後來，我隨同陳紀瀅、梁又銘、梁中銘、瘂弦等作家訪菲，他還招待我們早餐）。認為該文嘲諷老總統連任一次後再連任。因為文中主角是「郭明輝」即是指「國民大會」，而母豬生了十八隻小豬，即是諷刺連任十八年。該案送由服務於警總的一位小說作家會簽，那位作家因不知原委，所以也認為「豬」文有所影射……

五、我除了準備撰寫〈豬〉文的相關資料及前因後果外，因無人直接向我查問，無法提出報告，換句話說，也就準備入獄了。

過了一段時日，並未有所行動，隱約聽說因我素行良好，暫時存檔繼續調查。

直到八十六年三月間，參加姜穆的公子婚宴，我和朱西甯比肩而坐。席間朱西甯對我說，〈豬狗同盟〉一文，如不是田原向總政治部副主任兼執行官王昇將軍力爭，你早就關進監獄了。力爭的理由是對岸（中共）正進行文化大革命，難道我們也要呼應中共的文化鬥爭？王將軍勉強批准時還摜了卷宗，可見他對該文侮蔑領袖之憤怒。

當時田原任總政治部第二處副處長（處長主張嚴辦），和田原同在二處服務的朱西甯，諒也是鼎力相助，才能化險為夷，我才沒有在柏楊之前進入綠島——事件發生前後，他們都守口如瓶，王璞兄當然也只認為是小事一件的「下了台」而已。

現在來說明〈豬〉文的寫作經過：

接到王璞二月十日的邀稿函（見次頁），指明內容以「輕鬆」、「趣味」的為最好，不必槍砲子彈……

當時我正在寫二十多萬字的長篇小說《雨夜的月亮》，無暇寫短篇，覆函無法應命；但隨即想起台中的李升如先生辦《作家》雜誌約了一稿，迄未刊用，據傳《作家》準備停刊，便函請李先生退回，再轉寄王璞，諒可趕上二月底的截稿日期。

《新文藝》四月五日出刊後，見扉頁加「恭祝　總統當選連任特輯」字樣。第

國防部新中國出版社用箋

子甫兄：

又很久沒見面了，你好？春節期間本來想去給你和嫂夫人拜年去，但因兄移寓頭，也沒法去成，歉歉甚。

有關請你替《新文藝》寫篇稿子的事，請於本月底寄來為要！另吳經兄告所謂，內容以「輕鬆」「趣味」的為最好，不必寫得深。

每期《新文藝》都寄您一本，不知都收到沒有？

專此，祝

大好

弟 陸 六月十日

一頁起就刊出瘂弦和王祿松兩首詩，都有「為恭祝總統連任而作」的副題，其他各類作品都無副題；而小說類有比我名氣大的盧克彰、公孫嬿、曹抄、姚曉天……等多位，卻把〈豬狗同盟〉一文，放在最前面——真是認稿不認人，王璞一定認為拙作比其他名家寫得好吧，但也因此涉嫌更大。

小說的內容，是寫一位農夫郭明輝所養的母豬，生了十八隻小豬，但只有十二個乳頭，無法供全部小豬吸吮。鄰家母狗自動餵養小豬。豬狗主人原有嫌隙，因「畜生這樣友好，我們人類怎能互相猜忌、殘殺……」作本文的結束。

這原是一則溫馨的寓言故事，而且根據各報的新聞所寫（五十四年十一月十八日剪報，見次頁），刊在「恭祝總統當選連任特輯」上，儘管內容無問題，但〈豬狗同盟〉的篇名太政治化了。各報寫的小豬有十七隻，也有十八隻。我寫了十八隻卻惹了禍，但當時仍未修憲，國民大會也未改選總統，當然無法未卜先知。

在調查「罪行」期間，我已蒐集了有關資料，等待「審判」，苦無機會說明。這次《文訊》刊出專訪王璞一文，不少文友及舊日長官垂詢，鼓勵我說明白，乃找出原有資料，草成此文。但我覺得：

㈠「恭祝總統當選連任特輯」是上級命令臨時加上去的，由於憲法中動員戡亂時期臨時條款，是在五十五年三月二十二日才修正公佈：「動員戡亂時期總統副總

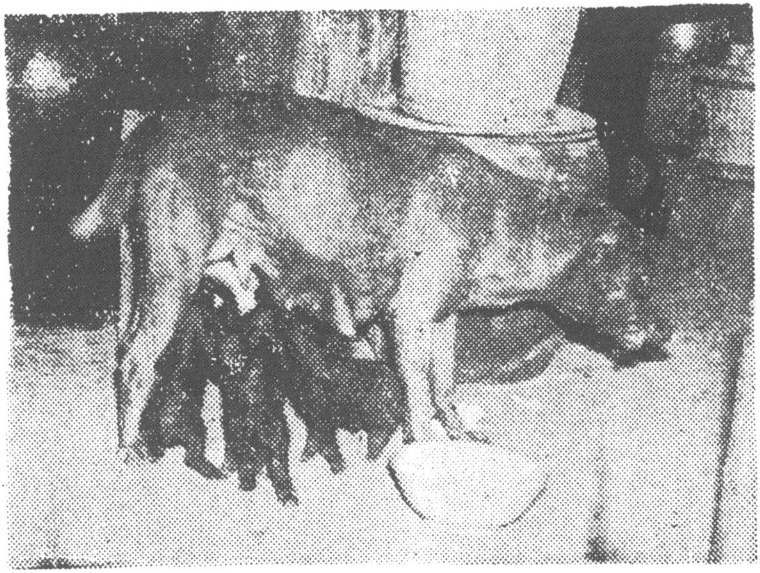

小猪無乳餵養

母狗喜做奶娘

愛撫有加・視同己出

【本報竹山訊】母猪一胎生產十七隻小猪，哺乳發生困難，竟有母犬權充奶娘，而且，對小猪愛撫有加，視同己出，傳爲佳話。

山崇里居民許春成的母親，所飼養的母猪，於本月十一日，一胎生下小猪十七隻之多，因母猪只十二個奶，以致乳量分配不過來，飼主擬將其中體弱的四隻拋棄，恰好有社寮里集山路二九八號莊雜貨店女老闆莊柯娥到許家，便把那四隻小猪帶回家，本想用牛奶來餵養。奇怪的是這些小猪放在院子裏，竟能與她家所飼養的母獵犬所生的七隻小狗混在一起，互相追逐，一同吸食母犬的奶，而母犬不但不加拒絕，反能愛撫備至。

圖爲母犬小美給四隻小猪餵奶情形。

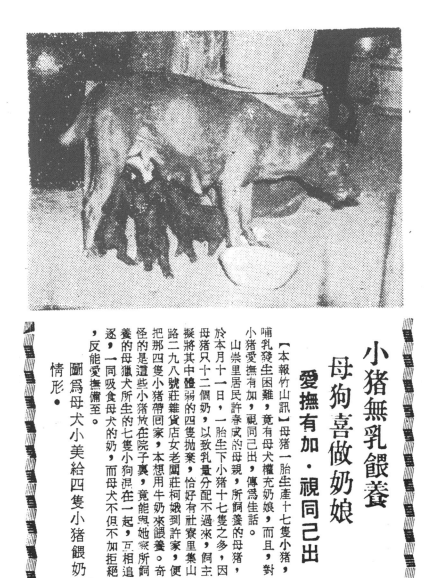

統得連選連任，不受憲法第四十七條連任一次之限制。」蔣公已連任二次，必須在臨時條款通過公布後才能由國民大會改選。總統當選後，王璞急找瘂弦、王祿松兩位幹校畢業的詩人為恭祝連任而作兩首詩，但其他的作品都是例行發排的稿件，都是在總統當選之前所寫，《新文藝》當局如能據實呈報，證明所有作者除瘂弦和王祿松二位詩人外，均不是為「特輯」而寫的作品，不知當選連任，更和「恭賀連任」無關，也許問題就不會那麼嚴重了。

㈡在研究當期的《新文藝》雜誌，發現瘂弦和王祿松二詩人的作品好像是補印後加在前面的。如不是全部都已印好，把〈豬狗同盟〉的篇名改為〈水乳交融〉或〈近鄰一家親〉之類，就不會犯下滔天大罪了。

整個〈豬狗同盟〉事件中，王璞認真負責沒有錯，錯的應該是他當時歌功頌德的主管。另外，那位檢舉的李姓保防官，不知道編輯作業流程，以為一本雜誌在短短一週內即可完成，認為所有作品都是為「恭祝總統當選連任」而作。在當時「寧可錯殺一百，不可錯留一個」的肅清匪諜口號下，難怪他想像豐富的急於檢舉立功，如果不是王昇將軍採納田原的意見，本人就一定會步上柏楊先生的綠島之旅（或許下場比柏楊更慘），豈能如王璞「下了台」那麼輕鬆？

——原載《文訊雜誌》二〇〇〇年七月

【附記】本文刊出後，王璞指出，那是早就計畫好的「恭祝總統當選連任特輯」，但他認爲內容由主編負責，不必將稿件呈總編輯、副社長、社長核可，所以，他也不想在調查時說作者不知是「特輯」稿件，只要主題正確即發稿，他有全部責任一肩挑的豪情壯志。

蔡文甫作品一覽表

書名	性質	出版社	出版日期	開本	頁數
解凍的時候	短篇小說	香港：東方文學社	一九六三年九月	32開	192頁
		台北：九歌出版社	一九八〇年一月	32開	239頁
		（改精裝）	二〇〇八年三月	25開	222頁
女生宿舍	短篇小說	馬來西亞：曙光出版社	一九六四年一月	32開	116頁
		台北：九歌出版社	一九八二年二月	32開	247頁
		（改開本）	二〇〇二年八月	25開	212頁
		（改精裝）	二〇〇八年十二月	25開	218頁

沒有觀衆的舞台	短篇小說	台北：文星書店	一九六五年七月	40開	230頁
		台北：九歌出版社	一九八〇年七月	32開	253頁
飄走的瓣式球	短篇小說	台中：光啓出版社	一九六六年八月	32開	232頁
愛的迴旋（改名）		台北：九歌出版社	一九八三年七月	32開	251頁
		恢復原名（精裝）	二〇〇九年三月	25開	236頁
雨夜的月亮	長篇小說	台北：皇冠出版社	一九六七年八月	32開	310頁
		台北：九歌出版社	一九七九年七月	32開	320頁
		（改開本）	二〇〇二年六月	25開	350頁
	英譯本	美國：詹姆士出版社	一九九九年八月	32開	252頁
霧中雲霓	短篇小說	台北：仙人掌出版社	一九六九年十一月	40開	190頁
		台北：九歌出版社	一九八二年三月	32開	230頁
磁石女神	短篇小說	台北：廣文書局	一九六九年十一月	32開	250頁
		台北：九歌出版社	一九八七年十月	32開	259頁

玲玲的畫像	中篇小說	台北：世界文物出版社	一九七二年九月	32開	260頁
		台北：九歌出版社	一九八五年八月	32開	271頁
移愛記	短篇小說	台北：學生書局	一九七三年三月	32開	236頁
		台北：九歌出版社	一九八四年七月	32開	282頁
蔡文甫自選集	短篇小說	台北：黎明文化公司	一九七五年五月	32開	278頁
舞會	短篇小說	台北：華欣文化中心	一九七六年五月	32開	253頁
		台北：九歌出版社	一九七六年五月	32開	285頁
變奏的喇叭	小小說	台北：源成文物供應中心	一九七七年二月	32開	232頁
變奏的戀曲	小小說	台北：九歌出版社（原名變奏的喇叭）	一九九一年十月	32開	255頁
愛的泉源	長篇小說	台北：華欣文化中心	一九七八年三月	32開	178頁
		台北：九歌出版社	一九九五年四月	32開	246頁
中國名人故事	兒童小說	台北：九歌出版社	一九八三年三月	25開	212頁

船夫和猴子	短篇小說	台北：九歌出版社	一九九四年十一月	32開 253頁
	英譯本	美國：詹姆士出版社	一九九四年十一月	32開 238頁
閃亮的生命（編）		台北：九歌出版社	一九七八年三月	32開 232頁
閃亮的生命散文選（編）		台北：九歌出版社	一九七八年十月	32開 206頁
阿喜阿喜壞學生（編）	兒童故事	台北：九歌出版社	一九八九年七月	25開 198頁
找對醫生看對病	醫學常識	台北：健行出版社（與丁華華合編）	一九九四年六月	新25開 294頁
天生的凡夫俗子	傳記	台北：九歌出版社	二〇〇二年十月	25開 478頁
——從0到9的九歌傳奇			二〇〇五年九月增訂	25開 512頁

蔡文甫作品集④

飄走的瓣式球

（原名：愛的迴旋）

著　　者：蔡　文　甫
發 行 人：蔡　文　甫
發 行 所：九歌出版社有限公司
臺北市八德路3段12巷57弄40號
電話／02-25776564・傳眞／02-25789205
郵政劃撥／0112295-1
九歌文學網：www.chiuko.com.tw
登 記 證：行政院新聞局局版臺業字第1738號
印 刷 所：崇寶彩藝印刷有限公司
法律顧問：龍躍天律師・蕭雄淋律師・董安丹律師
初　　版：1983（民國72）年7月10日
增訂初版：2009（民國98）年3月10日
（本書曾於民國55年由光啓出版社印行）

定　價：240元

ISBN：978-957-444-573-8　　Printed in Taiwan
書號：LJ004

國家圖書館出版品預行編目資料

飄走的瓣式球／蔡文甫著. -- 增訂初版.
--臺北市：九歌， 民98.03
面； 公分. --（蔡文甫作品集；4）

ISBN 978-957-444-573-8（精裝）

857.63 98000733